コーヒーにミルクを入れるような愛

くどうれいん

講談社

目次

コーヒーにミルクを入れるような愛

飛んじゃったサンキャッチャー

「お前の部屋の玉、どっか飛んでったぞ」

実家に帰ったわたしを出迎えてくれた父の一言目がそれだった。わたしは家から持ち帰った荷物を抱えたままぽかんとした。お前の部屋の玉ってことはわたしの部屋の玉？　普段無口な父が突然わたしの前に仁王立ちして言うものだから、ＲＰＧの武器屋に話しかけられたようでおもしろくてへらへらしてしまう。父はいたって真面目にもう一度言う。

「お前の部屋の玉、どっか飛んでった」

「わたしの、部屋の、玉……？」

繰り返しながら意味がわからなくて笑ってしまう。わたしの部屋の、玉？　なんすか。なんなんすか、わたしの部屋の玉って。

「玉って、玉？」

「玉っつうか、いや、でも、玉……」

「わたしの部屋に玉なんてありましたっけ……」

玄関入ってすぐのところで、父は庭仕事を終えて短パンにTシャツを着て首にタオルを下げて仁王立ち。黒いワンピースを着たわたしは荷物を両手に提げて棒立ちしている。なんだこの父娘は。玉と言う以外どう言えばいいのかわからない父と、玉ってなんだよと思っているわたしは互いに困り果て、目を見て向かい合っているうちにへなへな笑い出した。

「ふふ。玉？」

「玉」

「どんな玉」

「あの、硝子の……窓んとこにぶらさげてたやつ」

「サンキャッチャーのことか！」

「ああ、たぶんそれ」

「……どっか飛んでったってどういうこと」

「窓開けてたら強風でぶっ飛んだ」

「風で」

「そう。ぶっ飛んでどっかいったから」

はいよ。なるほどね。玉ってサンキャッチャーか。はいはい。わかったわかった。わたしは荷物を置いて洗面所で手を洗う。父は、わかってもらえたならいいんです、という様子でコップに麦茶を注ぐ。わたしはハンドソープを泡立てて指を丁寧に洗いながら指輪を外す。最近ちょっと太ったから指輪がきつくなってきたな。さすがに連日外食していてはよくない。ん……サンキャッチャーぶっ飛んでどっかいったの？

慌てて手を拭いて二階の自分の部屋までの階段を駆け上がる。ドアを開けて、ベッドの横の窓のレースカーテンを両手でかっぴらくと、じゃっ！　と音がした。ない。たしかにそこに吊るしてあったはずのサンキャッチャーがなくなっていた。窓から外の庭の芝生を見下ろしてもそれらしきものは落ちていない。部屋を見回しても落ちていない。ありゃまあ。サンキャッチャー飛んじゃった。わたしはひとりで「サンキャッチャー飛んじゃったあ」と声に出して言った。なんだかちょっとおもしろい気がしてくつくつ笑ったのち真顔になった。ほんとになくなっちゃったのか、サンキャッチャー。

大学時代、わたしと同じ歌会に出入りしている同い年の男がいた。蒲田はすらっとしていて、眼鏡で、少しくせ毛で、博識で、いろんな音楽を知っていて、ゆっくりしゃべる男だった。快活というタイプではないのだが、そこにいて微笑んでくれるだけでうれしくなるような静かな好青年だった。蒲田が四国出身で実家がお寺だと知ったときは（さすがにそこまでいったらずるなんじゃないか）と思った。なにがずるなのかわからないけれど、さすがにそれは蒲田すぎてずるいと思った。みんなが蒲田のことを好きだった。ビートルズばかり流れる居酒屋で、真っ赤に酔っぱらった蒲田は曲が変わるたびに後輩と肩を組んでその曲を歌った。歌詞をちゃんと知っているんだなあ、とわたしは感心した。わたしはビートルズの歌詞をちゃんと知らない。短歌合宿でキャンプ場へ向かうとき、長距離バスの座席にからだをすっかり預けて溶けるように眠りこける蒲田を見て、賢い鹿のようだと思った。そのことを短歌にすると「うれしいもんですねえ」と蒲田は照れた。同い年なのに蒲田はわたしに対しておおむね敬語で、そういうところも蒲田っぽくて好ましかった。わたしはもはや蒲田がなにをしても「蒲田っぽい」とよろこんだ。ふたりきりで会ったことはなかったが、わたしも蒲田もわりと暇だったので、しょっちゅう三、四人で出かけたり食事をしたりした。

その蒲田が突然誕生日プレゼントをくれた。十一月の歌会終わりの居酒屋で、わたしの誕生日が近かったからみんながお祝いをしてくれて、プレゼントもいくつかもらった。みんながお祝いをしてくれた日に蒲田がプレゼントをくれるのはぜんぜん突然ではない。けれどわたしはたぶん、蒲田から誕生日プレゼントをもらうとは、本当に、全く思っていなかったのだ。もしかしてわたしのことを好きなのだろうかと、ほんの一瞬だけ思ってすぐにかき消した。わたしは当時（から）そんなふうにどうしようもないくらい惚れっぽい人間で、世の中のすべてを恋か恋じゃないかでしか考えられない頭だった。わたしは蒲田のことをとても気に入っていたけれど、蒲田のほうがわたしをどう思っているかはわからないとずっと思っていた。わたしは友人関係においてとてもずうずうしく、すぐに仲良くなった気でいるほうである。そのわたしが蒲田を友人と呼ぶにはどうしてか勇気が必要だった。わたしは自分の人生に蒲田が登場したその事実だけでとても満足していた。蒲田のことをわたしは大切すぎるくらいとても大切に思っていたのだと思う。それは、友人としてとか、もしかしたら恋人としてとかそういうことではない。蒲田が蒲田っぽく暮らしているだけでわたしはうれしかった。

「おめでとうございます、古本ですけどね」

と蒲田に差し出された袋は大きくて重い。あけていい？　どうぞ。ずっしりとした書籍は写真集だった。立派なグレーのケースには、紺色の筆文字で『Rain』と書かれている。沢渡朔が二〇一六年に出した写真集で、帯には「東京。レイニーデイ。降りしきる雨ににじむ視線の先に、都会と人とが織りなす刹那の相貌を鮮烈に切り取った、沢渡朔の圧倒的新境地。」とあった。写真まで詳しいのか……わたしの名前に紐づいたプレゼントをしてくれたことよりも、わたしは蒲田の趣味の守備範囲の広さに改めて慄いた。

「古本屋でみつけてこれはと思って。重いですけどすみません」

と蒲田は申し訳なさそうにした。

「うれしい。ありがと、家でゆっくり見る」

と、わたしはページを捲りながら言った。すでに惹き込まれていた。雨の東京の通行人や街並みの写真が続くその写真集は決して明るい雰囲気ではないが、やすりのように記憶を削ってくる不思議な魅力があった。帰宅して『Rain』を本棚のいちばん目立つところに表紙がよく見えるようにして置く。それからは雨の短歌を作ろうとする折、思い出したように手に取って開いた。そのたびに蒲田がわたしのことを考えて買ってくれたという事実が染み込むようにうれしかった。

わたしは蒲田といると（蒲田にとって恥ずかしくない人間でいたい）と強く思う。お返しをしたい。しかし、絶対に外したくない。悩みに悩んで、わたしは硝子のサンキャッチャーを蒲田にあげた。添えた手紙には「雨を虹にして返します」と書いた。雨を虹に。俳句で言うところの「つきすぎ」だ。しかしもうそれ以上のものが思い浮かばなかった。手紙には「わたしは蒲田に出会うことができてほんとうにうれしい、学生時代の思い出の端々に蒲田がいることが、きっと今後わたしの人生の財産になると思う」という意味のことを、とてもうっとりした文章で書いた。蒲田はその日の夜に長いＬＩＮＥをくれた。「サンキャッチャーは早速、朝日の入り込む東側の窓に吊るしておきました。東北にきてレインさんと出会ったことは人生の中でまちがいなく私の転機となりました」とあり、わたしは心の底からうれしかった。お互いに大学を卒業してわたしは盛岡へ、蒲田は東京へ行った。わたしは蒲田がいまどうしているのかを知らない。

飛んでったサンキャッチャーは、わたしが一人暮らしのときから使っていたものだ。

ある日（部屋がきらきらしたらおもしろいかもしれない）と唐突に思い付いて買った。ミラーボールのようなかたちをした硝子の多面体は人差し指と親指をくっつけた輪っかくらいの大きさで、窓辺に吊ることができるようにてぐすがついている。日差しを受けたサンキャッチャーは、紙吹雪を両手で散らしたように部屋じゅうにぶわあっと虹のかけらをつくる。学生のとき酔っぱらって帰ってカーテンを開けっ放しのまま寝た翌朝は、起きた途端視界じゅうにきらきらと虹がかがやいていて（うっかり死んじゃって天国に来たのかもしれない）と思ったものだ。蒲田にサンキャッチャーは似合わない。けれどわたしは部屋じゅうに虹のかけらがきらきら散らばって、それを見て「うああ」と狼狽える蒲田を見てみたかった。だから自分が持っているのとおなじサンキャッチャーを蒲田にあげたのだ。

サンキャッチャー、飛んじゃってどっかいっちゃった。もっと落ち込んだりするかと思ったけれど案外平気だった。いくら風で飛ばされたとはいえあの重さではそう遠くへはいかないだろうし、とても硬い硝子だからそう簡単には壊れないだろう。庭のどこかに落ちているか部屋のどこかに転がっているか、探せば見つかるかもしれない。それなのにわたしはちっとも探そうと思わなかった。わたしは窓に向かって立ち、蒲田のことを考えていた。強風で飛ばされてどこかへいってしまうのも、それはそれで蒲田っぽくてずるい。

なまけ神様

　夜中の三時。床にしらない虫が出た。人差し指くらいの大きさのしらない虫だった。黒くて大きな見たことのない虫だった。黒くて細長い、大人しそうなしらない虫。パソコンに向かうわたしの足元にいるその虫とわたしは見つめあった。見つめあうと言っても黒くて目の位置がよくわからない。とりあえず頭部であろう部分をわたしは見つめた。虫は動かない。心臓が鷲づかみにされたように宙に浮き、わたしは息を止めていた。

「にいぁあ……」

　と声がして、その声がしらない虫にびびっている自分の声だと気づくのに時間がかかった。背中がぞくぞくとして縮こまり、わたしはそっと足を浮かせると膝を抱えて椅子の上にのせていた。ぶるっとからだも顔も震えた。もしかしてわたしいま、この虫がこわいのか？　とてもショックだった。わたしは幼いころ笑ってしまうほど田舎の祖母の家で暮らしていたから大抵の虫には驚かないし、危険のある虫かどうかの判断もつく自信があった。でも、これはしらない虫だった。わたしはしらない虫をいまこわがっている。

その日の夕食後、ミドリが新しい豆を買ったからとコーヒーを淹れてくれた。夕方五時以降にカフェインを摂ると夜眠れなくなることがあるとわかっていながらわたしはそれを飲んだ。ミドリがとてもうれしそうに淹れてくれたものだし、なにより書かなければいけない原稿がたくさんあった。今夜を勝負にしようとわたしは決めた。想定以上に原稿は書き進み、案の定、二十四時を過ぎても脳の血管が膨らむようにどきどきした。一時半を過ぎて一つ書き終える。そこで眠るべきだったものを、カフェインのせいなのかアドレナリンが出ていたのかわたしの目は爛々として、いまの隙にとわたしはもう一つの原稿に取り掛かった。それがいち段落付いたら三時になっていた。相変わらず頭は眠くないのに、からだがずっしりと重くなっているのがわかる。とりあえず一回ストレッチでもするか。キャスター付きの椅子を後ろに引くと、そこにいたのだ、しらない虫は。

しらない虫はわたしの左足の爪先から三十センチほど離れたところにいた。わたしが短い悲鳴のような声を出し、椅子の上に膝を抱えたことを確認したかのように、しらない虫はそのままこちらに向かって前進してくる。ゆっくりこちらに近づいてくるとわたしの座る椅子の下を通り過ぎ、壁際に立てて置いていたコロコロする粘着クリーナーのケースの下に潜った。

（そこからどうするつもりなんですか）

とわたしはしらない虫に念じた。からだはすっかりケースの下に隠れてしまってこちらからは状況がわからない。

（ていうか、どちらさまですか）

とわたしは追加で念じた。

（わたしに危害がなさそうであることはわかったので出てきてもらえませんでしょうか）

もちろん返事はない。わたしは粘着クリーナーのケースを視界から外さずに、その床の周りに散らかしている本やチラシや捨てなければいけない段ボールを見回した。粘着クリーナーのすぐそばに、ちょうどいいくらい薄めで大きな通販雑誌があった。欲しいものがなかったから捨てようと思っていたのを怠慢でそのまま置いていたのだ。わたしは粘着クリーナーをどかし、しらない虫があらわれたところをその冊子でちりとりのように掬って窓まで持っていって逃がす想像をする。しかし想像の中でも難しかった。何度考えても窓まで持っていくところでしらない虫が飛んでしまう。わたしはキャスター付きの椅子の座面に両足のかかとをのせたまま動くことができなかった。人喰いワニに四方を囲まれた船にいるのはこんな心地だろうか。刺激したら最後、こちらに飛んでくるかもしれない。しかしわたしはこのままでは椅子の上で一夜を過ごしてしまう。

　項垂れてすこし目を離した隙にしらない虫は動いた。ケースの下からのそのそ這い出て真横に置いてあった通販雑誌に脚を伸ばすと、器用にページをかき分けて自らその冊子に挟まるように入った。キュ。とわたしの喉が鳴る。いまこの冊子を上から叩いて、そのまま捨ててしまえば……しかしわたしのからだは動かなかった。殺してしまうのはとても気が引けた。どうしてもこの虫が悪いやつだとは思えなかったのだ。わたしは自分の中にある慈悲のこころと恐怖心を戦わせていた。しらない虫が挟まっているあたりのページはちょうど夏物の麻のワンピース特集のはずだ。わたしが折り目をつけていたからほかのページより少し開きやすくなっている。しらない虫もワンピースが好きだろうか。しらない虫も夏がたのしみだろうか。しらない虫の夏のことを考えているうちに脳がどんどん重くなって、さすがに体力の限界だとわかる。いつの間にか四時に近づこうとしている。いいかげん無理にでも寝なければ。わたしは膝を抱えるのをやめて爪先からそっと床に足をつけ、なるべく振動を起こさないように歩く。それから作業室の電気を消し、扉をぴっちりと閉めた。しらない虫を部屋に閉じ込めて、わたしは眠った。

布団に入ればすぐに眠ってしまったがはっと目が覚めた。まだ朝の六時だった。起きてすぐに（しらない虫）と思った。そうしたらまたからだがぶるっと震えた。きっとまだいる。わたしには早く再着手したい原稿がある。こわい。しかし隣で眠る休みのミドリを起こすのも嫌だった。そもそもわたしは田舎育ちを誇りに思っているのですぐに「虫こわい」などと言って他人に縋りつく人のことを信用していない。わたしは息を止めて作業室のドアを開けた。

ドアを開けて恐る恐る確かめると、しらない虫はいなくなっていた。床にも壁にもいない。クイックルワイパーの長い柄の先でつつくように粘着クリーナーやカーペットや散らかっているチラシをひっくり返しても出てこなかった。わたしはこの世でいちばんこわい虫は「いるはずなのにいない虫」だということをその朝初めて知った。虫がいるよりもいるはずの虫がいないことのほうがずっとこわかった。

「むしぃ」

と言いながらミドリのパジャマの胸倉をつかんで何度も揺らして起こした。こんなおっきな黒い虫。しらない虫。たぶん通販雑誌の中に挟まってる。どうにかして。ミドリは起き抜けに下唇を突き出して半泣きになっているわたしを見て、

「めずらしいねえ、虫こわくない人じゃなかった、もっと早く起こせばよかったのに」

と笑いながら起きてくれた。ミドリが通販雑誌を捲っても虫は出てこなかった。どれだけ丁寧にページを捲ってもいないどころか、何を持ち上げてひっくり返しても出てこなかった。

「これは？」

と言われて指さされた黒い物体にわたしは「いやっ！」と反射的に声が出てミドリにしがみついた。ぎゅっと瞑った目をおそるおそる開くと、それは化粧をするときに使う、前髪を留めるための黒いクリップだった。「これだったんじゃないの」とミドリはあきれた。ここからここまで動いてそのあと、とわたしはまくし立てたが、

「じゃあここに寝ているから出たら教えてちょうだいよ、あと床ちょっと片づけたら」

と言ってミドリはカーペットに寝ころんだ。

「ねえ、本当にこわいの、どうにかしてもらえないと原稿を書けないの」

虫をこわがる人を信用していなかったんじゃないのか。すっかり弱気な甘えた声で腕を引いて起こそうとすると、ミドリはすこし意地悪そうな顔をした。

「そもそもほんとにいたんですかねえ、そんなに大きな虫」

「夜更かしで幻でも見たって言いたいの」

「だってれいちゃんでもしらない虫なんている？　そんなに大きな虫が？」

「うん、こんくらい」

わたしは両手で人差し指を出して、十センチくらいにしてそれをミドリに見せる。

「ほんとにそんなにおっきかった？」

そう言われると、こんなに大きかったらこわすぎるような気もしてくる。自信がなくなってきて「こんくらいだったかも」と指と指の間隔を半分くらいにすると、ミドリはほらねやっぱりねという顔になってごろんと横になった。

「そもそもそんなに大きな虫が入ってくるわけないじゃない」

「だってわたし網戸しないで開けっぱなしにしてるもん」

「じゃあれいちゃんがお招きした虫だ」

クリップと見間違えたんじゃない。ミドリは小さな声で付け足して起き上がると歯を磨きに行った。だってここからここまで確かに動いて、わたしはこわくて……しかし思い出そうとすればするほど虫の姿があやふやになっていく。黒かったことは思い出せるのに、大きさは考えれば考えるほどわからなくて、細長いような気がしていたシルエットも太いと言われればそうだったような気もしてくる。もうわたしはどんな虫かと言われて絵に描くことができない。こわかったのに殺したくなかった虫は、昨晩ほんとうにわたしの足元にいたのだろうか。

いるはずなのにいない虫はこわい。だからわたしはそのしらない虫を「なまけ神様」が出たのだと思うことにした。わたしが部屋を散らかしていたり、捨てなければいけないものをすぐに捨てなかったり、窓を開けっぱなしにしていたりすると出てくる黒い虫のかたちをした神様。わたしがなまけずに暮らしているかぎり、もう二度と姿を現さない。

わたしのところにしらない虫は現れなくなった。それからというものわたしは開けたらすぐに閉めたり、捨てるものはすぐに捨てたり、うそをつかないようにしたり、うそをつくときはいいうそにするようにしたりして、思いつく限りまじめに暮らしている。

大荷物のこころ

「あなたの強みは失恋と東京コンプレックスです」と、五年ほど前に突然わたしに会いにきたその編集者は言った。わたしは驚いて居酒屋の椅子にのけ反った。『わたしを空腹にしないほうがいい』を出して間もなかったころ、どの出版社からも声がかからず――いや、かかるとも思っていなかったわたしに東京のとある出版社からメールが来た。「盛岡に行くのでなんとか会ってほしい」と書かれてあり、承諾すると本当にすぐに来た。一杯目のビールを半分も飲み切らないうちに彼女は「あなたと本が出したい」と言う。出版の契約というのはこのように進んでいくのが普通なのかしら。わたしは本のことも出版のことも何もわからなかった。交渉は随分圧が強いものなのだなあとわたしは思った。

「あなたの強みは失恋と東京コンプレックスです」

と、ビールを飲んで二言目にそう言われた。それは強みではなく弱みではないかと思ったし、東京コンプレックスを抱いていると思ったことは一度もなかったので、そう決めつけられたことに慌てた。

「失恋か東京へのコンプレックスを書けばあなたは必ず売れます」

と、彼女は瞳の奥を燃え上がらせてそう続ける。たしかにその当時失恋は得意だったが、やはり東京へのコンプレックスを自分が持っているとは思えず困惑した。

「本というのは博打です、わたしたちはお金をかけて本を出すんです、だからあなたも自分の痛いところを差し出してほしい、それで一緒にどかんと売れましょうよ」

と彼女は続けた。前職はパチンコ雑誌の編集だったんですよ、と彼女は付け足した。わたしはまだ決め台詞なのか、どうも言い慣れているような表情だった。そうですか。

「あなたには東京コンプレックスがある」と言われたことを気にしていた。いま思えばそう悪くない出版の話だったと思う。しかし（しつれい）とわたしは思ってしまった。それでそのあと時間をかけてやんわりと断った。どうしてそんなこと言われなくちゃいけないんだろう。東京以外の人たちがみんな東京を羨ましがっているとでも思っているのだろうか。たしかに東京の機会の多さのことを羨ましく思うことはある。でも、それはしまうまとキリンが違う柄だっていうだけでコンプレックスではないはずだ。東京に住んでいる人にわたしの盛岡の暮らしの何がわかるっていうのだろう。「わざわざお越しいただいて」と彼女を見送ってから、ふつふつと怒りが込み上げてきた。当時わたしは営業の仕事をはじめたばかりでとても忙しく、本音を言えば彼女に割く時間で彼氏と会いたかった。怒っているのはコンプレックスを刺激されたからなのだろうか。やっぱりわたしは東京にコンプレックスがあるのだろうか。その後もしばらく考えることになった。

二〇二二年の六月に東京に八泊しようと思ったのは、作家として仕事を引き受けるうえで、担当編集さんには直接会うべきだと思ったからだ。会社の仕事を辞めるまでは関東に行くことになかなか勇気が必要だった（コロナ禍の岩手ではほとんどの会社が関東出張後の社員を一週間程度自主隔離させる風潮が続いていたため、帰宅後の仕事が捗らなくなる）。仕事を辞め、スケジュールをすべて自分の思うままにできると思ったとき、いちばんにしたかったことが挨拶回りだった。お付き合いのある数社に連絡を入れて、一週間とすこしかけてゆっくり回ろうと思った。さすがに宿泊費がかさむため、蔵前のホステルを連泊で予約した。蔵前にした理由は特にない。おしゃれなホステルがあって、浅草も近くていいな。そのくらいの気持ちでろくに調べずに予約した。大学生の頃、多いときは三ヵ月に一度くらいのペースで東京へ行っていた。ライブを見るため、講演会を聞くため、美術館に行くため、友人と会うため。当時住んでいた仙台から東京までの高速バスは安いときは片道三千円もしなかった。自由に東京を、それもひとりで回ることがこの数年間ほとんどなかったので、前日はとても緊張した。いつもだれかにくっついて歩いているので、東京に来た回数のわりに東京の地理や地名のことを全く知らない。担当編集さんに会って自分がしている仕事の大きさを実感すること、しばらく会えていなかった友人たちに会うこと、東京に飽き飽きすることが、この旅の目的だった。わたしは東京コンプレックスがあると指摘されてから、あるのかもしれないそのコンプレックスを克服したいと思うようになっていた。

東京駅に着いたのは午後二時半ごろだった。東京駅から丸ノ内線で本郷三丁目まで、そこから都営大江戸線に乗り換えて蔵前まで行こうと思った。わたしは紺色の、しょぼいビジネスホテルの冷蔵庫くらいの大きさのキャリーバッグを曳き、さらに紺色のリュックサックを背負って丸ノ内線の乗り場まで向かった。ホステルで洗濯ができるからと四日分の服しか入れなかったはずなのにキャリーバッグはぱんぱんになった。本郷三丁目で降りてそこからが問題だった。改札を出た後、都営大江戸線の乗り口がわからなくなってしまった。表示されているとおりに進んでいるはずなのに、どう考えても見当らない。ここを曲がるのだったか。ここを曲がってはいけないのだったか。乗り換えでこんなに歩くはずはないのに……わたしは同じ道をなんども行き来した。キャリーバッグのタイヤが砂利を敷き詰めたような歩道のアスファルトにこすれてぎゃりぎゃりぎゃりと鳴った。観光客らしき人は一人もおらず、サラリーマンか大人びた学生たちばかりがわたしとすれ違った。みな小さな、あるいは薄い鞄を持って颯爽と歩いていて、こんなに大荷物なのはわたしだけだった。マスクがあってよかった。泣き出しそうになるのを堪えながら、迷っているとは思えないような速度でわたしは何度も颯爽と歩きなおした。ついに四度目に同じドトールの前を通るとき、店の前で電柱の修理をしていた業者の男と目があった。五分ちょっとで四度もタイヤを鳴らしながらキャリーバッグを曳く女がいたら、そりゃしげしげ眺めるだろう。恥ずかしい、と一度思ってしまうともうたまらなく恥ずかしかった。わたしはもう二度とそのドトールの前を通りたくなかった。絶対に間違っている道をずんずん進み、タクシーを捕まえて蔵前に直行することにし

た。キャリーバッグを抱えて乗り込んで「蔵前まで」と言いほっとすると、

「東大の見学か何かですか」

と運転手は言った。本郷三丁目が東大に近いことすらわたしは知らなかった。いえ。とだけ答えた。タクシーの中から歩道をずっと眺めていた。わたしのようにキャリーバッグを曳いている人はほとんどいなかった。


それからの八泊を、わたしはむきになったかのようにちいさな鞄で過ごした。斜めがけの、死んだわたしのおばあちゃんならこれをポシェットと呼ぶであろうちいさな黒い鞄で。まるでいつも東京にいて忘れ物はいつだって取りに戻ることができるような顔で、口紅とハンカチと財布とスマートフォンだけで過ごした。「荷物それだけ？」と何人かの友人は言った。わたしがこれまで東京を歩くときは、岩手のお土産やらカメラやらメモ帳やら、ごっちゃりと持ち歩いていたからだ。「これだけ」とわたしは得意になった。

最終日、いただきもののお土産や自分で買ったお菓子などでキャリーバッグは埋まり、リュックサックもぱんぱんになった。本郷三丁目で浴びた視線を思い出してぞっと

して、蔵前から東京駅までタクシーに乗った。東京駅まで、と告げると運転手さんは、

「どっちの」

と言った。わたしが混乱して黙っていると、

「八重洲でいいですか」

と言われた。わたしが慌てて「新幹線のほう」と言うと、

「じゃあ丸の内じゃない」

と言われた。じゃあ、それで。消え入りそうな声になった。新幹線のほう、という稚拙な言い方になったことも、東京駅の八重洲と丸の内もわからないのか、と思われたこともとても恥ずかしくて縮こまりながら乗った。東京駅に着くまでの間、タクシーの座席広告の画面には生瀬勝久が上司役をしているCMが二回流れた。

ありがとうございました、とキャリーバッグをタクシーから引きずり下ろすようにして下車し、わたしは絶望した。丸の内側は知らない入り口だった。いつも使っていたのは八重洲口だったのか！　お土産を少し見てから帰ろうと思っていたのに。どこへ続いているのかわからない広い通路でわたしは立ち止まった。許されるならばへなへなとしゃがみ込みたかった。すっかり疲れてぼおっとするわたしの前を、たくさんの人が横切

った。東京駅にはキャリーバッグの人がたくさんいた。大きなキャリーバッグをふたつ両手で曳いている中年女性や、米俵のように大きなリュックと鞄を抱えた男性や、紙袋を両手いっぱい持ちながらなんとかキャリーバッグを引きずる出張らしきサラリーマンもいた。ここでは自分の荷物が恥ずかしくない。わたしがいまたくさんの荷物を持っていることがここなら浮かない。なんだかとっても元気が出た。自分と同じかそれ以上の荷物を持っている人を見るとこんなにも安心するものなのか。みなすこし疲れた顔で思い思いの場所へ向かっている。それが美しかった。わたしはこころの中で（よっしゃ）と言い、ずっしりと重い紺色のリュックサックを背負い、ぎゃりぎゃりぎゃりと鳴る紺色のキャリーバッグを曳きながら缶ビールと崎陽軒のシウマイ弁当を買った。

　東京コンプレックス、と彼女がわたしに言ったのは、この、大きな荷物を抱えて恥ずかしいこころのことなのだろうか。そうだとしたらほんとうに余計なお世話だ。まだむかついているから、いつか東京のことを作品にしてたくさん売れてやろうと思う。

ほそい稲妻

「あ」

「撮れた？」

「また失敗」

「そっかあ」

かずことわたしは四組の教室の窓際に並んで、わたしは空へ向かって携帯を構えていた。夏服の長袖を肘まで捲って窓から身を乗り出すようにするわたしを、かずこは静かに見守っていてくれた。大きな鉛のかたまりを落としたような、ずっしりとした重い音。かっ、と空が光って、稲妻が、今度は左側に走った。突然の大雨と雷。水色と紫色の混ざったような色の空は暗いのにうっすらと明るく、教室の中はじっとりと蒸していた。わたしとかずこはテストのための自習をしていた。お昼ご飯を買いに行ったのかほかの生徒はおらず、わたしたちは教室にふたりきりで机を向かい合わせた。蛍光灯をつけるかどうか悩む明るさに、なんか雨降りそうだねと言い合っていたら雨が降ってきて、雨だねと言い合っていたらあっという間に雷が落ちた。ふたりで席を立って窓のほうへ行き、並んで桟に肘をついてしばらく眺めた。うす明るい空に何度か紫色の稲妻が走った。ふたりで「おお」と言い、顔を見合わせる。わたしは胸ポケットから携帯を取り出してカメラを起動した。わたしの携帯は、当時最先端だったスライド式の真っ黄色の機種だった。スマートフォンと違い、携帯電話のカメラは撮影ボタンを押してからシャッターを切るまでにタイムラグがある。あっ！　と思って押しても画面に残るのはその一秒後の景色だから、一呼吸先読みしてボタンを押さなければいけない。先読みと言っても雷鳴より光のほうが速いので、そろそろ次の雷が落ちそうと思ったタイミングで、あてずっぽうで撮影ボタンを押すしかない。わたしはブログをやっていて、学生生活で何か書くネタはないかといつも夢中だった。稲妻の写真をどうしてもブログに載せたかった。稲妻が光りきってなにもない空を何度も撮った。稲妻は何度もわたしを冷やかすように、シャッターを切った直後にきれいに現れた。紫色で地面に向かっていくつも枝分かれをした、ほそい稲妻だった。

そもそもわたしは三組なのに、あの日なぜ四組で自習をしていたのだろう。なんの教科の勉強をしていたのかも思い出せない。わたしとかずこは普段ふたりで会うほど仲良くはなかった。ふたりとも文芸部だったけれど、わたしの学年は十一人も部員がいて、わたしは同じクラスの樋口とばかりつるんでいたから、かずこと話すときはいつもほかのだれかを入れた三、四人だったはずだ。高校三年の夏だった。進路選択も大方決まって、あとは勉強をするしかない夏。わたしは何もなりたいものがなくて、でもたぶん、そうなるべきなんだろうと思って、国語教諭の免許が取れる大学の文学部を第一志望にしていた。文芸部だったけれどほとんど本を読まないので文学のことはなにもわからなかった。たぶん、文学部に進みたいと心からは思っていなかった。書くことが好きで、たのしい。十七歳のわたしにはそれしかなかったけれど、「書くことが好きで、たのしい」は、進路希望の紙に書くものではなかった。身の回りで作家を仕事にしている人はひとりもいなかった。作家は頭が良くて育ちもよくてすごい人のなかでも一握りがなれるもので、わたしが作家になろうなんてまともな考えじゃない。とりあえず公務員になろう。それがどれだけ難しいことか後になって知るのだが、わたしは将来公務員になるものだと漠然と思っていた。書くことが好きで、たのしくて、ちょっと賞とか貰っている。そういうわたしが進む将来はもうこれしかないのだと、十七歳のわたしは信じて疑わなかった。

蒸し暑さに目が覚めると、どごおん、と鈍い音がした。……雷？　首から鎖骨にかけてじっとりと汗をかいている。タオルケットを蹴飛ばして、キャミソールもたくし上げておなかを出したまま寝ていたようだった。左手首を掲げるとスマートウォッチがまぶしく光る。〈4：20〉。

「あ、っちい」

暑くて二度寝できそうにない。うんざりして掲げた左手をだらんと下ろすと、べち、と音がして驚く。ああ、そうか。左手は隣で寝ている男の背中に当たったようだった。わたしはいま同棲しているから、毎日隣に男が寝ている。そうか。そうだ。わたしはいま二十七歳で、会社を辞めて家で原稿を書くことを仕事にしていて、きょうは大きな締め切りがある。この生活にはすっかり慣れたはずなのにときどき幻のような気がしてしまう。アラサーと呼ばれる年齢になったことも、同棲していることも、会社を辞めたいまのわたしの仕事が「作家」であることも。

起こさないよう静かに寝室を出る。開けたままにしていたリビングの窓から雨の音が聞こえる。昨晩眠るときもすこし雨が降っていたのにまだ降り続けているのか。雨は強くなっているようで雨樋からごぽごぽと水の流れる音が聞こえる。桟が濡れるとまずい。窓を閉めようと近づくとブラインドの隙間からほんのすこし涼しい風が吹き込んできたので、一旦そのままにして台所の蛇口から水を出す。手を差し出すと水がぬるい。熱帯夜だったのかもしれない。しばらく出していると水が冷たくなってきたので、両手をざっと濡らして器の形にして口をゆすぎ、そのまま顔も濡らした。どんごごご、ど、ごごご。ペーパータオルで顔を拭いているうちにまた音がする。雷だ。顔を拭き終えたペーパータオルでべたつく首元を拭ってごみ箱に捨て、窓のほうへ歩く。細い紐を摑んで一気にブラインドを上げると、空はうす明るい。水色を灰色で薄めたような中途半端な明るさだ。わたしは強い雨粒が隣の家のトタン屋根を打ち、小さなしぶきを上げるのをしばらくぼんやり眺めていた。すると、かっ、と、空が光った。驚いて目を大きく開くと、ごごおん、と音がした。ほんの数分の間に雨脚はさらに強くなり、風も強くなり、斜めに打ち付ける雨の筋で遠くが白くぼやけて見える。雷鳴は間隔を狭めてどんどん大きくなる。雷雲が近づいてきているのだろうか。ああ、きもちいい。窓から大雨や雷を眺めるのが昔から好きなのだ。遠くに見える大きな柳の木が連獅子のようにうねっている。(ふれ、もっとふれ)と思いながら桟に肘をつくと、稲妻が見えた。薄紫色の、ほそい稲妻。

わたしはあの日、かずこと雷を眺めながらした会話をずっと覚えている。何度撮っても稲妻が写真に収められなかったわたしはあきらめて不貞腐れた。胸ポケットに携帯を仕舞い、両手で頬杖を突きながら窓の外を眺めては、ああ、いまのおっきかったのに、などと懲りずに言っていた。かずこは「そうだねえ」と言いながら、隣に並んでいてくれた。

「もし、なんにもなれなかったらどうしよう」

零れるようにわたしはそう言ってしまった。わたしはなにかになりたかった。なにになりたいのかわからないのに、なにかになりたくてたまらなかった。

「えー?」

と、かずこは言った。かずこは背が高くて、声はのんびりと豊かでやさしい。普段一緒にいるわけではないのに、わたしはかずこが好きだった。なにを言っても許してくれそうなところが好きだった。

「なんにもうまくいかなくなってさ、どうしようもなくなったら、わたし、大通りのアーケードの地べたに絨毯しいて座って、色紙に詩を書いて売ろうかな。それで一枚千円とか言ってぼったくるの」

「詩を？」

「そう。詩っていっても、『明日は晴れる』とか『愛され上手は笑顔上手』とか、そういう馬鹿が買うようなやつを詩って言い張って筆とかで書いてさ」

「うん」

「……どうなっちゃうんだろう」

わたしは腕に顔を突っ伏した。泣きたかった。学年テストでは三百人もいる中でいちばん成績が悪くて、わかんない問題はどこからわかんないのかわかんなくて、逃げるように夢中になってブログや短歌やエッセイばかり書いていて、どうなっちゃうんだろう。周りのみんなが本気で志望校を目指して机に向かいはじめるなかで、なりたくもない将来に向かって進むのがいやだった。いやなくせになりたいものがあるわけじゃなくて、それなのになにかになれるような気だけはしていて、そういう甘えたわたしはとんでもなく痛い目に遭うだろう。こわいのに、不安なほど文章ばかり書きたくなって、文章を書くのは、とてももたのしかった。

「買うよ」

と、かずこは言った。顔を上げると、かずこはにっこりとほほ笑んでいた。

「そしたら、そのときはわたしがそれを買いに行くから大丈夫だよ」

かずこぉ。わたしはかずこに抱きついた。かずこは胸も背中もふかふかしていて、あたたかくてきもちよかった。あはは、と、かずこはわたしの背中に腕を回して、とんとん、としてくれた。降りやみそうにない大雨の音の中、うす暗い教室でしばらくそうしていた。わたしは安心した。これが安心なのかと思いながら、すっかり安心した。かずこのやさしい腕に抱き留められながら、いつか絶対、このことをわたしは書くだろうと思った。でも、そのいつかは、ほんとうにいつか。わたしには絶対にいまだと思う日が来るだろうという妙な確信があった。

十年以上、何度この日の会話を思い返したことだろう。

かずこ。わたし、作家になったよ。書くならいまだって、今朝思った。

すばらしい枝

わたしは渡された太いサインペンで〈とんぼをメチャクチャ捕る〉と書いた。

――工藤玲音　得意技：とんぼをメチャクチャ捕る

慣れない大きなペンで書く文字は普段より一段とへたくそだった。びびって文字を小さめにしたせいで右側に目立つ余白があったので、そこにとんぼの絵を描いた。へたくそな文字にへたくそな絵。不器用な感じが増して深くため息をついた。はがきほどの大きさの名札に書いた自分の文字を読みながら、わたしの得意技、これかよ。これでこれから戦うのかよと思った。

二〇一五年。ＮＨＫ松山放送局の俳句番組の収録のため、当時住んでいた仙台から飛行機で四国に向かった。大学三年生の初夏だった。五月の松山の太陽はじりじりと熱く、油断して日焼け対策を全くしなかったわたしは着いて数時間でサンダルの形に足を日焼けした。ローカル局の番組ながら大変手が込んでいて、俳句を書く大学生たちが全国各地から三十人ほど集められ、俳句を作りながら戦って勝ち上がるという非常にバラエティ色の強い番組だった。もし代表に選ばれたらタダで松山に行けるらしい。それだけの理由で応募して受かって、飛行機に乗ってすっかり観光気分だったのが会場に行って慄いた。進行役のアナウンサーやお笑い芸人のオジンオズボーンのお二人や審査員長を務める夏井いつきさんが、『坊っちゃん』に出てくるキャラクターに扮した衣装を着ていた。参加者の中にもゴスロリを着ていたり、目立つワンピースを着ていたり、お遍路の笠を被っていたりする人がいて、つまり、本当に思った以上にバラエティ番組だったのだ。それでいちばん最初にディレクターから配られたのがはがき大の名札だった。太いサインペンで自分の大学名と名前と得意技を書けとのことだった。

得意技。わたしは太いサインペンを持ったまま固まった。得意技……？　こういうキャッチーな自己紹介が必要なとき、いつもは「文芸」と答えるだけで解決していた。もはや自分の個性は「文芸の人」になっていた。しかし、俳句をする人間たちが集まっている状況で「得意技：文芸」と書くのはどう考えてもおもしろくない。かと言って物を書く以外にはなにか得意と言えるものが思いつかなかった。〈ピアノ〉〈剣道〉〈ものをおいしく食べる〉〈詩吟〉〈バイクに乗る〉など周りの出場者がどんどん書き終えて胸にその名札を貼り付け始める。わたしは焦って、焦って焦って、焦って焦って焦って、走り書きしたのが〈とんぼをメチャクチャ捕る〉だった。名札をつけて早々オープニングの撮影のためわたしたちは強い陽射しの下に全員集められた。それから、何という掛け声だったのかもう忘れてしまったが、その掛け声に合わせてこぶしを突き上げながらウオーと意気込みの雄叫びをさせられた。しかし俳句を書く大学生たちはみんなわたしと同じようにインドアそうなささえない若者ばかりだったので、何度かリテイクがあった。わたしたちは何度もこぶしを突き上げながら、慣れない雄叫びを上げた。オー、ウオー！

成人するまでとんぼを捕まえるのを得意だと思ったことはなかった。とんぼを捕るのはみんなができる当たり前のことだと思っていたから。

田舎の下校の通学路は八割が田んぼ沿いだったので、とんぼを捕まえるのは小学生のわたしにとって秋の娯楽だった。グロいものに興味のある男子たちは捕まえたとんぼのしっぽを紐で結んだり、二匹を向かい合わせて交尾させようとしたり、無理やり露草の花を食べさせようとしたりしてひどい目に遭わせていたのでいやだった。わたしはひとりで黙々ととんぼを指に留めては放し、また別のとんぼを指に留めては放していた。とんぼを捕る、というよりは、とんぼを留める、というほうが正しいかもしれない。秋になるとわたしは下校のほとんどの時間、人差し指を立てて歩いていた。腹が黄色いとんぼはすぐにわたしの指に留まってくれる。赤とんぼは警戒心が強いので難しい。青黒くて小さいとんぼはすばしっこいのでもっと難しい。

とんぼの顔の前で指をぐるぐる回す、なんていうのはちゃんちゃらおかしい。ドラマや漫画の中にそういう描写があるとうそつきと思ってしまう。わたしに言わせればあれは捕まえ慣れた人の捕まえ方ではない。とんぼを指に留めたいなら、とんぼの真正面から静かに人差し指を立てて近づいて、とんぼの肢元の枝にそっと人差し指を添えるだけでいい。とんぼはとんがっているところに留まる。さらに、なるべく高いところに留まる。だから、いま留まっている枝よりもほんの少し高いところに指を添えてやれば、にじり寄るようにしてあっさりわたしの人差し指に留まってくれる。息を殺して、わたしは木ですよ。これは枝。すばらしい枝。と念じながら人差し指を差し出すだけでいい。

うまくいけばそのまま歩き出すこともできる。とんぼは警戒心を緩めれば緩めるほど、翅の角度が鈍角になる。Yだったものが T になり、さらにやじろべえのように下がってきたらしめたものだ。もう、そのとんぼにとってはわたしが木であり、この人差し指が枝なのである。そのままゆっくりと歩き出す。とんぼは指に留まったまま、コンパスのように時々体の向きを変えつつもわたしの指で休んでくれる。わたしはほんのすこしいつもより丁寧に歩く。右手の人差し指を立てたまま、とんぼを留まらせて歩き続ける。

「どこまでいきましょうか」

と声を掛けても、とんぼは何も言わない。すっかり安心しきって翅を下げて、その翅がわたしの歩く風でそよそよ揺れている。車の窓から顔を出して笑っている犬を見ているような、何とも言えない愛らしさがこみ上げてくる。そのまま帰り道を歩きつづけると、とんぼは思い立ったように突然指を離れて飛び立つ。じゃあね、と言いたくなる。そしてまた違うとんぼを人差し指に留める。それを飽きるまで繰り返しているうちに家に着く。中学生、高校生と歳を重ねるうちにさすがに飽きるほど没頭することはなくなったけれど、それでもとんぼが目の前に居たら人差し指を差し出したくなる。

とんぼを捕まえるのがうまいと気づかせてくれたのは、二十歳のときに好きな人だった。ふたりで公園を歩いていると、芝生の奥に痩せた紫陽花があって、その枝に、指へ留めやすそうなとんぼがわんさかいた。わたしは吸い込まれるように歩道を逸れて、人差し指を立てながらそちらに向かって歩いた。「えっなに」と彼の声がして振り返ると、彼は不気味そうにこちらを見て立ち止まっていた。わたしは（とんぼ）とアイコンタクトをしてじわじわとんぼに近づいた。人差し指を出すと、とんぼは細い肢先を出したり戻したりしながらわたしと枝の間でどちらに留まろうか迷っているようだった。指先がちろちろとくすぐったくて、わたしは笑うのを堪えながら（枝ですよ）（それも、あなたにとってすばらしい枝ですよ、いかがですか）と念じた。人差し指にとんぼを乗せて帰ってきたわたしを見て、彼は「とんぼかあ！　すごいすごい！」と褒めてくれた。一等賞をとったくらい褒めてくれたので照れ臭かった。彼にとんぼをよく見せようと思って近づけたら、とんぼはすぐに飛んで行ってしまった。それでも彼はすごいすごいと褒めてくれた。

「最初、風を呼んでいるのかと思ってびっくりしたよ」

と彼は言った。

「風を？」

「そう、人差し指で」

結局わたしはその番組で決勝戦まで進出したが、そこで敗れた。俳句がうまくて勝ったのではなくて、その場その場で求められたお題の解にぴったりはまるわかりやすい句を作るのがうまかっただけだと思う。サービス精神が旺盛なので、カメラを向けられているときはとっても笑顔で大きな声で、ときどきふざけたりしながら楽しく映った。もしかしたらテレビに出るのがわりと向いている人間なのかもしれないぞわたしは。そう思ってすぐに、そういう妙な器用さで勝ち上がって、しかし結局優勝はできない自分の人生のことを思った。うまくやれるけど本物じゃない。中学生のときからずっとその繰り返しがわたしの人生ではないだろうか。最終決戦には松山城の敷地内にプロレスのリングのような会場が組まれた。首元にはいままで勝ち上がってきた分の水色や薄黄色のレイがかけられてふわふわとくすぐったかった。上位四人に勝ち残ったというのにわたしはぼーっとしていた。またなんか勝ったけどこれは勝ったわけじゃない。自分の「本物じゃなさ」のようなもののことをずっと思っていた。胸元に大きく貼り出された〈とんぼをメチャクチャ捕る〉という得意技には、収録中も休憩中も結局だれにも一度も触れられなかった。

番組は収録からずっと後、秋のはじめごろに地方局の番組の再放送として全国放送された。だれがオンタイムで見るんだよというほど夜遅い時間だったと思う。初戦「夏目漱石の『坊っちゃん』のキャラクターで俳句を作れ！」というお題に、

はつなつの我に本名てふあだ名

と詠んだわたしに、『坊っちゃん』のマドンナの衣装を着た夏井いつきさんは、

「あの坊っちゃんに、工藤玲音が挨拶に来た。こういう句は普通の人は作れないですよ。これだけの自信を持っている女だったとはね」

と言った。これだけの自信を持っている女。とても腑に落ちる、手ごたえのある言葉だと思った。わたしはくどう、自信を持っている女。得意技は、とんぼをメチャクチャ捕ること。

歯とベンツ

大きなデスクトップの画面に、大きな天秤の写真が表示された。左の皿には歯のイラストが描かれていて、歯の上にきらきらマークがついている。右の皿には高級外車らしき黒い車のイラストが載せられている。縮尺もイラストの統一感もめちゃくちゃな合成画像だった。

「歯の健康と、たとえばベンツ。どっちが大事だと思いますか?」

「って、まあ、『歯』って言わせるためだけのものですよね、こんなものは」

わたしに何も言う隙を与えずに黒木さんは続けて言い、あほらし、とでも言いたそうな笑みを浮かべた。わたしはその日、黒木さんが笑うのをはじめて見た。

十年以上歯医者に行っていなかった。高校に入学したころ小さな虫歯ができて、治して、それ以降歯のことで取り急ぎ不便に思うことがなかったのだ。何もなくとも歯医者には定期的に行くべきと母はわたしにしきりに言ったが、痛くもないのに病院へ行くのが面倒で、面倒だなあと思っているうちに成人し、二十七歳になってしまった。

引っ越しが落ち着き家の周りを散歩していたら歯医者があった。調べてみると想像以上に評価の高い病院のようだった。かかりつけの病院をいろいろ探しなおさなければ、と思っていた矢先だったので、行くしかあるまいとようやく腰を上げた。予約はＷＥＢからできて、さらにＬＩＮＥに紐づいて予約を忘れないよう一週間前と二日前にリマインドの連絡がくるようになっていた。病院の予約はいまこんなに画期的なことになっているのかと感動した。受診理由を書く欄があったので「知覚過敏の症状について相談したい」と書いた。冷たいものを食べると歯が染みるかも、と思いつつ、相談するほどつらくないまま数年経っていた。

受付の女性がとても美人で面食らった。歳はわたしと同じくらいだろうか。紺色の制服は半袖で、丸襟と袖口のパイピング部分だけ白くなっておりエレベーターガールのようだった。「黒木」と書かれた名札を付けたその受付の女性の白い肌に、その制服はとてもよく似合った。艶のある黒髪ショートヘアに、ふさふさしているけれどきっぱりとした形の眉毛、すべての光を吸い取ってしまいそうなうるうるした黒目、マスクを持ち上げるすらりとした鼻筋。（きれい）と思っていたら「保険証を」と言われたのに反応が遅れて、慌てて財布から保険証を出そうとしたら小銭入れが開いてがちゃがちゃしてしまい、「ああ、ああ」とわたしは情けない声を出した。黒木さんはその間何も言わなかった。「ゆっくりでだいじょうぶですよ」と言ってほほ笑んでくれると思っていたのでわたしは緊張した。診察の前にカウンセリングがあるらしく、こちらへ、と黒木さんは言った。黒木さんがカウンセリングもやるようだった。患者がどこをゴールとして治療してほしいと思っているか確認したうえで今の歯の状況を調べ、どういう方針で治療を進めるか決定する。そのためにカウンセリングが二度あり、実際の治療は三回目からだと言う。なるほど、そういう魂胆ですか。前に、やたら評価の高い美容院に行ったときも同じようにカウンセリングを設けられたことがある。待合室のようなところに通されて美容師と向き合って話す時間があった。さっさとあの大きなポンチョのような布をかけて切ってほしかったのでやきもきしたが、剛毛なのでとか左の癖毛がとか話してから切ってもらうと、帰るときにはとてもいい美容院だったような気がしてくるものだった。

カウンセリングのために奥の部屋に入ると、BGMを流すスピーカーが遠くなったせいか、やけに静かに感じた。部屋は狭く、黒木さんの膝とわたしの膝がくっつきそうになりながら、言われるがまま画面を見た。黒木さんの顔を見ると黒木さんの顔ばかり見てしまいそうだったので、真剣に集中しているようなそぶりでわたしは一生懸命画面を見た。永久歯は何本あるか知っていますか？　歯周病についてどこまで知っていますか？　黒木さんは用意されたスライドに沿って淡々と説明した。十年以上歯医者に来ていなくてもわかるような話ばかりで、はじめは「へえ」「ふうん」だったわたしの相槌は「あー」「はいはい」と雪崩れた。説明する黒木さんも飽きているようで「まあ、知っていると思いますが」「一応こういう」とスライドが変わるたびに言った。わたしたちはわかりきった質問と答えを繰り返した。話もまとめに差し掛かってきたあたりで黒木さんのマスクから細く鋭い息を吸う音が聞こえた。次のページが、天秤のページだった。あまりの雑な合成具合にわたしが思わず「おお」と言うと、黒木さんは「ですよね」と言った。大きな天秤の上に載せられた大きな歯とちいさな高級外車。

「歯の健康と、たとえばベンツ。どっちが大事だと思いますか？」

「って、まあ、『歯』って言わせるためだけのものですよね、こんなものは」

　本当に一瞬の隙もなく黒木さんはそう言って笑った。ばかばかしい、と言いたそうな笑いだった。わたしは黒木さんが笑うのをはじめて見た。左眉をくっと上げて、目じりに小さい皺を作って、きゅっと困ったような笑い方。とてもかわいくてぐっときた。

「ベンツは買い換えられるけど、自分の歯には代えがないんですよー、っていう、そういうあれです、はい、次」

　黒木さんは早口で言って、最後のスライドを表示した。〈あなたの希望する治療に近いものはどれですか？　1：痛みや腫れが無ければよい　2：できるだけ長く健康な歯でいたい　3：白くきれいな歯を維持したい〉。わたしは画面を見ているようで見ていなかった。黒木さんが歯とベンツの天秤を結構恥ずかしいと思いながらやっているとわかると興奮した。これからの通院で黒木さんをなんとしても笑わせたい。わたしは〈2：できるだけ長く健康な歯でいたい〉を選択して「でも、ちょっとだけホワイトニングにも興味があります」と言った。「知覚過敏とのことですが」と言われたので、硬いアイスを食べると響くような気がするときがあるが、たまに気になるくらいのことだし、しばらくぶりの歯の点検のほうがメインだと伝えた。その日は唇をぐわっと広げて歯の全部の写真を撮られ、磨き残しと歯周ポケットの深さを調べる検査をして終わった。うがいのためのちいさな紙コップに細い水がぴゅーっと自動で注がれたり、歯医者でしか嗅ぐことのない薬品のにおいがしたりするたびに歯医者ってかんじ！　とうれしく思った。

二度目の通院で再びパソコンの前に並んで座ると黒木さんは数枚プリントを手渡してくれた。今回は検査結果をもとに治療内容を決定するとのことだった。前回撮影したあらゆる角度のわたしの歯の写真と、磨き残しが赤く塗られている図と、グラフと表の書かれたプリントだった。プリントの左下に「19」と、大きく太く書かれていた。

「工藤さんの歯の年齢は、なんと十九歳でした」

と、黒木さんは言い、ちょっと笑った。なんとか堪えていたが溢れてしまったというような笑い方だった。人の歯の年齢にうけるなよ、と思ったが、十数年来ていないのに実年齢よりずっと低い結果になるとは思っていなかったのでわたしも笑ってしまった。

「成人すらしていないとは」

と言うと、黒木さんは「っは！」と言い、右手をマスクの上から押しあてて「そうですね」と肩を震わせて笑った。白くて細長いきれいな手だった。黒木さんにうけた。それだけでわたしはもうガッツポーズしたいようなきもちだった。黒木さんは短く咳ばら

いをすると、

「工藤さんは唾液の量がものすごいので虫歯になりにくいのかもしれません」

と真顔に切り替えて真面目に言うので、わたしは顔が真っ赤になった。唾液が多いと褒められるのはとてもえっちなことだと思った。唾液の量が多くて歯が十九歳。なんてセクシーな情報だろう。それから二度の通院で、知覚過敏はあっさり治ってしまった。これからはもしよければ三ヵ月に一回くらい定期検診に来てくださいと言う。黒木さんに会うためならば、と十一月に予約を入れた。


それから数週間後、駐車場から車を出そうとして難儀した。マンションの駐車場は狭く、狭いくせに大きな車が多いからわたしはいつもびくびくしながら出庫しているのだが、きょうはより一層隣の車が近くに停められている。わたしの車の左側にはコンクリートの大きな柱があり、右側には黒塗りの大きな外車がある。母からのおさがりですこし錆びた古いパッソに乗っているわたしは、毎回この大きな車にぶつけないように細心の注意を払って何度も細やかに切り返しながら出庫する羽目になるためむかついている。他人の高そうな車に擦るくらいならわたしのパッソをコンクリートの柱にぶつけたほうがまし、と思うとき、いつもすこしだけ惨めになる。ぶつけないように慎重にドアを開けて、身体を薄くして滑り込ませるように乗り込む。きょうはより一層厳しい出庫になりそうだ。でかい車め。しかしそういえばわたしはこの車がどこの車なのかを知らない。運転席に腰掛けてシートベルトをしたままスマートフォンで「まきびしみたいなマーク　車」と調べる。ヒットせず悔しくなって車のエンブレム一覧というまとめサイトをスクロールしてようやく「ベンツ！」と叫んだ。そうかこれがベンツだったのか。わたしはあのめちゃくちゃな天秤の合成画像のことを思い出した。そもそもベンツを買う人はきらきらの歯をしているだろう。世の中には歯とベンツの天秤をそれごと持ち上げて微笑むお金持ちがいる。畜生と思いながら、絶対にベンツにはぶつけないように何度もハンドルを切って恐る恐る発車した。

泣きながらマラカス

りんちゃんがわたしの誕生日に何か欲しいものを買ってくれそうだったので、気になっていたふき取り化粧水をねだることにした。本当にそれだけでいいからね、と念を押す。六つ年下のりんちゃんとはもう五年近く仲良くしているが、大学生とは思えないほどとても素敵な大人で、一緒にいるとついつい年の差を忘れそうになる。りんちゃんもわたしもとてもサービス精神があるので過ごしていてとても気が楽なのだが、お互いにサービス精神がありすぎるせいで、誕生日など祝うことができるタイミングがあると歯止めが利かなくなってしまう。りんちゃんはわたしにとってかけがえのない友人だが、このごろはもう、遠めの親戚だったのではないか、とすら思いはじめている。りんちゃんに誕生日プレゼント何がいいですかと聞かれたそのうれしさへのお礼に七面鳥の丸焼きをあげたい。そのくらい歯止めが利かないのだ。

仕事終わりにりんちゃんを車で迎えに行き、ドラッグストアの広い駐車場に停める。十一月の岩手の夜は既に冬のようにぴんと冷たい空気が満ちていて、すれ違う車から白い湯気が上がっているのが見えた。助手席に座るりんちゃんは「というわけで！」と言い、化粧品メーカーの紙袋をふたつくれた。ふき取り化粧水だけでって言ったじゃないの。と言いつつ、こうなるような予感がしていたので仕事先でプリンを買っておいてよかったと思う。ふたつめの紙袋の中には、コンパクト型のアイシャドウが入っていた。

「これ、アイシャドウにもなるし、チークにもなるし、ハイライトにもなるんですよ。ラメがすっごく上品なのでれいんさんにぴったりだと思いました」

と、りんちゃんはたっぷり笑顔で言う。つけてみてください。りんちゃんがバックミラーの上のライトをつける。淡いブラウンのパウダーを人差し指で手の甲に塗ってみると、確かに絶妙な艶がうまれてとてもきれいだった。

「これ一個で顔みっつもいけるんですよ、れいんさんそういうの好きでしょ」

「欲張りだからね、そういうのだいすき」

いひひ。ふたりで笑いあうと、りんちゃんはさらに何か企んでいるような顔をした。

「メテオ」

「え」

「これの名前、メテオって言うんですよ。もうれいんさんにはぜったいこれじゃんと思って買っちゃった」

アイシャドウをひっくり返すと「Meteor」、流星、と書いてある。

「わたし、明日からメテオになっちゃうってこと？」

「そう」

あっはっは。笑い声は狭く暖房であたたまった後部座席のシートに吸われてゆく。それで、あと、それ。アイシャドウの紙袋に入っている球体を手に取ると、しゃり、と鳴った。

「ハンギョドンのマラカスです」

それはお手玉くらいの球体になったハンギョドンで、中身は空洞で、マラカスになっていた。

「い、いらねー」

と言いながらわたしは大事に両手で包んで振った。しゃかしゃこしゃかしゃこ。あまりにも軽快な音が鳴るので笑ってしまう。ふわふわの球体にされてしまったハンギョドンは、なぜかタキシードを着たデザインになっている。

「くじで当たったんです。出た瞬間にれいんさんの顔がよぎって、でもれいんさんってキャラクターものを持たない主義だし、でも、れいんさんハンギョドン好きだし、音出るとなると欲しそうだし、これなられいんさんの許せるハンギョドンなんじゃないかと思って」

あまりにも見透かされていて、わたしはお手上げで座席に背中をこすりつけた。

「ほしい」

「よかった」

そのあとりんちゃんと回転寿司を食べた。りんちゃんはまぐろが食べられないのに海老と蟹とまぐろの豪華三点盛を頼み、まぐろはあげます！　と言うので、貰ったまぐろを見せびらかすようにおいしそうに食べた。わたしは茶碗蒸しを二個食べてりんちゃんに怪訝な顔をされた。りんちゃんになら怪訝な顔をされてもうれしい。帰宅して鍵を開けようとすると、紙袋の中でしゃり……しゃり……とハンギョドンのマラカスが揺れる音がしてにんまりとした。うっかりマラカスを貰い、うっかりそれが鳴る。生活に突如マラカスが侵入してくることもある。

男の人から誕生日にハーモニカを貰ったことがある。手に取ってすぐ、尾崎豊とかゆずが持っているやつだ、と思った。手渡されたそれは思ったよりもずっしりと重かった。ギターをとても上手に弾き、歌がうまい人で、だからとても好きだった。

「ドイツのホーナー社のちゃんとしたハーモニカだよ」

と、その人は言った。そうじゃなくてさあ。と思う。そうじゃなくて、どう考えても自分に興味のある女の子の誕生日にあげるものとして、どうなの。しかもきょう初めて泊まるじゃないですかわたしたち。ちゃんとしたハーモニカとちゃんとしていないハーモニカがあるということすらはじめて知った。ギターを弾けないからすこしだけ教えてほしいと言ったことはあっても、ハーモニカを吹いてみたいとは一度も言ったことがないはずだった。ありが、と。何とか絞り出してにこにこすることができた。本当は「ハーモニカかよ」とどつきたかった。紺色のケースを開ける。ハーモニカを手に取る機会のない人生でも、一目見ただけでそれがとても良い本物のハーモニカだということはわかった。重くて、つやつやと銀色に輝いていた。

「くわえてごらん」

とその人は言った。わたしは（なぜハーモニカでこんなにどきどきしなければいけないのだ）と思いながら、おとなしく口に挟んだ。

「もっと深くくわえて」

「そう、そんなかんじ。吹いてごらん」

吹けと言われても、と目で訴える。いいから。とにかく吹いてみるしかあるまい。わたしは大きく息を吸った。

ふゃーん。ふひゃふぁっ。ぴえー。

吸っても音が鳴るとは知らなかった。ふゃーん。は息を吸おうとして鳴ってしまった音で、ふひゃふぁっ。はそれに驚いて小刻みに息を吹いた音で、ぴえー。は、その一連の音にうけて強く長く吹いた音だった。わたしはハーモニカを口から離してげらげら笑った。

「吸っても吹いても鳴るんだ」

「自信をもって吹くと自信のある音になるよ」

へえ。息を吸ってから口に挟んで、自信をもって吹いてみると、ぷわーん！　と鳴った。尾崎豊みたいな音だった。尾崎豊って自信がある音だったんだ。音階は吹いていればわかるようになるよ、とその人は言った。へえ。すっかりハーモニカを貰って喜んでしまっている自分に気が付く。ギターに合わせて吹いてもらうにはもっと練習が必要だけど、でも、吹いているだけでたのしいでしょう。とその人は言う。わたしは頷きながら、きっと将来この人と結婚したら「ハーモニカを貰ってびっくりしたんです」と笑い話にできるだろうと思った。お店のチョイスがへたくそなところも、そもそもデートがまったくもってへたくそなところも、マザコンっぽいところも、まったくもうって笑って背中をたたくことができるだろうと。だから、悩んだけれど彼の誕生日にはマラカスをあげた。わたしが恫喝するようなかたちで始まった遠距離交際は全くうまくいかず、ものの数ヵ月にしていつおしまいになってもおかしくない空気だった。そんなときにマラカスでいいのだろうか。楽器店で見つけたのはフルーツマラカスというものだった。レモンとバナナとアボカドの形があって、おままごとに使うようなこぶしくらいの大きさのそれは、大きさから想像できないほど大きな音でじゃりじゃり鳴った。どの果物にしようか迷ってレモンにした。れいんと名前がちょっと近いから、これを振りながらわたしのことを考えてくれてもいいな、と思った。レジに持っていくまでのところで、これで本当にいいのだろうかと何度も迷ったが、ハーモニカをくれた相手なのだ。そのくらいの女でないとやっていけないのではないか。むん、と思い切って買ったが、やはりそれだけではこわくなって、トイカメラも買った。レモンのマラカスとトイカメラを小包で送った。どれだけ厳重に梱包してもレモンのマラカスのじゃりじゃりと鳴る音が箱の外まで聞こえた。彼は「トイカメラありがとう！」と言った。マラカスのことはなかったことにされているようだった。そうしてやっぱりすぐに別れた。そりゃあそうだろうという自然消滅で、しかし、自然消滅にされることに耐え切れず、だったら振ってくれと恫喝して、振られた。

わたしが押しかけて付き合い、押しかけて別れた数ヵ月のことだったが、結婚を夢見てしまっただけに傷は深かった。落ち込んでいるわたしは友人たちに呼ばれてカラオケに引きずり込まれた。考える暇があるからいけないのだ、チャットモンチーを歌え。友人たちにマイクを握らされて歌うと、しっかりした歌声が出た。字幕を追ってその通りに歌っている間、自分のことを考えている暇はあまりなかった。いいぞいいぞと友人たちは拍手をし、コスプレ衣装やらタンバリンやらをどっさり持ってきた。

「ほら、鳴らして」

マイクの次に持たされたのは大きな赤いマラカスだった。すっかり使い古されて、木の持ち手と風船のように膨らむ赤いプラスチックの接続部分がぐらぐらしていた。ずっしりと重いマラカスを両手に持って、友人の歌う「♡桃色片想い♡」にマラカスを振り上げ、下ろす。じゃっ、じゃこじゃこじゃこじゃこと鳴った。わたしの頭の中はレモンの鮮やかな黄色であっという間にいっぱいになって、なんで最後にマラカスなんてあげちゃったんだろう、と思ったら、ばかばかしくて泣けた。胸がキュルルン、と歌い終えた友人はわたしのことを見て顔を引きつらせて言った。

「マラカス振って泣くなよ、マラカスって笑いながら振るもんだから」

マイクを通したその声がミラーボールの回る部屋の中に貼りついた。たしかにね。わたしは涙を流したまま無理やり笑顔を作ってマラカスを振った。ぼろぼろのマラカスはうたたねをするように左右にぐらぐらしたけれど、こうなったら壊れてもいいと思って思い切り振った。

クリーニング・キッス

キスマークのことをずっと、くちびるの形に真っ赤な、絵文字にあるようなものだと思っていた。「ここにつけて」と人生ではじめてキスマークを求められたとき、肩に「んちゅう」とくちびるを押し当てたら笑われた。

「なにやってんの、吸うんだよ」

「……吸う？」

大ショックだった。キスマークの意味にはふたつあり、もうひとつの意味は皮膚にきゅっと力を入れて吸い付いてできる内出血のことなのだと知り、あまりの生々しさに泣きだしそうになった。わたしはくちびるの形の赤いキスマークしか知らなかった。

わたしは言われるがまま肩に吸い付いた。「ぜんぜん、もっと強く」と言われてがんばって吸い込みながら漠然と、蛭ってこんなきもちなのかなあ、と思った。すっぽんぽんで肩にかぷ、と吸い付いて、わたしはでっかい蛭のようだった。何度やってもうまくいかず、もうどうにでもなれとふざけながら顔が真っ赤になるくらい力を入れて吸って離すと、肩にはほんの少し内出血ができた。それはわたしの知っているキスマークとは全然違って、干し梅のようないびつな楕円だった。これのどこがセクシーなのか全然わからない、と、思ったかと言われるとそれが微妙なところで、痛みを伴わず、数日先に完璧な治癒が約束された状態の痕を故意につけるという行為は、たしかに思ったよりもちょうどよく罪な感じがして、それがそそると言われれば理解できた。

いま、Google 検索に「キスマーク」と打ち込むと「消し方」がいちばん最初にサジェストされて、その次に「作り方」と出てくる。世の中にはキスマークを作りたい人よりも、消したい人のほうが多いのかもしれない。検索しても辞書的な意味よりも先に〈キスマークをつける心理を男女別で解説!〉やら、〈これって愛されてる証拠? キスマークの意味〉やら出てきてしまい、やはり「キスマーク」という言葉がオブジェクトとしての意味よりも性的なコミュニケーションのオプションとして捉えられているのだと感じて凹む。わたしの思うキスマークはもっと乾いていて、明るくて、元気が出るものだったのに。

以前、真夏の居酒屋で一緒にお酒を飲んでいた友人に笑われたことがある。「出会った人をみんなめろめろにしてみたい」と言ったら「めろめろってどんなかんじ?」と言われたので「持っていたスプーンを落とす、みたいな」と答えたらそれは気に入ってもらえて、今度は「じゃあ、セクシーってどんなかんじ?」と聞かれたので「パイナップルと巨乳」と言ったら、持っていたジョッキをどんっと置いて彼女は大笑いしたのだ。

「ORANGE RANGEじゃないんだから!」

ORANGE RANGEじゃないんだから! と復唱してわたしも大笑いした。言いえて妙だった。彼女はひいひい笑いながらビールをごくごく飲んだ。わたしはくやしくなって言い返した。

「じゃあ、セクシーってどんなの?」

「それは……」

彼女は茹でアスパラを指で摘まんだ。そうしてまるごと一本を持ち上げて穂先を下にして高く掲げ、口をその下に持って行ってカニを食べるように一口でそのアスパラを食べてしまった。わたしはあっけに取られてそれを一通り眺めた。眉間に皺を寄せておいしそうな顔をしながらゆっくりと咀嚼して、飲み下して、彼女は言った。

「セクシーがなにかって、そんなのここでは言えないようなことでしょ」

「なんかわたし、いま、セクシーのことが完璧に全部わかったような気がしたよ」

「ちょろいなあ。れいんのセクシーには生々しさがなさすぎるよ。首ったけってかんじはあるけどさ」

たしかに、わたしのセクシーは「首ったけ」のことなのかもしれない。いつまでもだれもを「首ったけ」にするような魅力のあるひとに憧れている。浜辺を歩くだけでいろんなひとの目がハートになって、心臓がハートの形で飛び出して、投げキッスをするだけでばたばたと気絶してしまう、そういうシーンのことを、漫画の世界だけのことだと思っていない。彼女が空になったジョッキをすこし上に掲げるだけで店員がすぐに飛んできて、「おなじの」とほほ笑むとおなじビールが一瞬で来た。


雪がいつ降ってもおかしくないような、ぴんっと寒い夕方の盛岡を歩いていた。その日はめずらしく人と直接会う予定がたくさん入っていて、夕方にはすこし疲れてしまった。旅行の後のようなほくほくとした疲れだった。会社員だったときは毎日のようにたくさんメールや電話や打ち合わせをしていたはずなのに、ひとりで黙って考える時間のほうが多くなって、誰かと話すとその分疲れてしまうようになった。この頃のわたしの打ち合わせ内容は「新しい忍術の名前を考えましょう！」とか「ソフトクリームが永遠にのびるのはどうですか」とかそういうものばかりで、こんなに自由でたのしい話ばかりしていることを仕事と呼んでいいのだろうか、と不安で背後を振り返りたくなることがある。仕事とはもっと理不尽で、いらいらして、つらくて、しんどいものでなければいけないのではないか。しかし会社員時代も「こんなにたのしくていいはずがない」と言いながらたくさん残業していたのだから、なにも専業作家になったことだけがたのしくて後ろめたいわけではないはず、と思い直す。

どきどきしたまま赤い頰で大通りを歩く。寒い。コートのポケットに両手を入れて歩いていると、ふいに、目についたり思いついたことをべらべらとしゃべり、透明なワードに書きなぐっているような感覚が来る。いちいち立ち止まって書いたりはしないけれど、わたしは人と会った後に興奮しているときや、尿意を我慢しているときなど、たまにこうして頭の中でしゃべるのが止まらなくなる。すべてに感動して、すべてに難癖をつけて、すべてにお礼を言いたくて、すべてわたしのせいだと思いたくなる。わたしは頭の中でしゃべり続けながら大通りをどんどん歩いた。耳も目も鼻もひらいて顔からからだがぐりんと裏返ってしまいそうだった。

クリーニング屋の看板に、キスマークがたくさんつけられていた。

（うそだろ）と思い、二十歩ほど進んでから引き返してもう一度見に行った。見間違いだろうか。何度もまばたきをしながら来た道を戻って、リプレイをするようにもう一度その横を歩いた。クリーニング屋の大きな看板の、わたしの胸くらいの高さにマスコットキャラクターが描かれている。その男の子は「せん・たくやくん」というらしい。せん・たくやくんはピンク色の帽子を被り、ピンク色のオーバーオールを着て、まんまるい顔でにっこりと無邪気に笑っている。わたしは看板に近づきながら、流鏑馬《やぶさめ》のように集中してその看板を凝視した。やっぱりだった。せん・たくやくんのはちきれんばかりのまんまるい顔に、キスマークがたくさんつけられていた。それはわたしの思う「キスマーク」そのものだった。誰かが口紅を塗りたくって「んちゅう」としたらしい。そういうデザインではなく、どう見ても現実の人間のキスマークだとわかるほどくちびるの縦皺までリアルだった。頬から下あごにかけてたくさんキスされている。それも、おそらく三人のキスマークが混ざっている。分厚い「二」のような濃いもの、「こ」のようなすこし薄い色のもの、口を開けた「〇」のようなもの、があったと思う。と思う、と書いているのは、わたしは結局その看板を歩きながら凝視しただけで、立ち止まったり写真を撮ったりすることができなかったからだ。クリーニング屋の店先には店員さんがいた。わたしはキスマークに立ち止まっていると思われるのが恥ずかしかった。

自宅に向かって歩きながら想像する。飲み屋の多い大通りのクリーニング屋だ、三人の泥酔した女性が競い合うようにふざけてつけたのかもしれない。あるいはだれか一人が悪ふざけでさまざまなキスマークを試したのかもしれない。いずれにせよそこにはきっと「ちゅーしちゃお」という気さくさがあったはずで、それも、一度つけたらたのしくなって何個もつけてしまったのだと思うとわたしはとても明るいきもちになった。

せん・たくやくんはとてもうれしそうな顔をしている。せん・たくやくんはいつもは妙にぼんやりとしたほほ笑みを浮かべていて、何を考えているのかわからない表情にも見えるのだが、この看板のせん・たくやくんはなぜか笑顔で、お椀のように口をぱかっと開けて笑っている。普段は棒立ちなのに、「ばあ!」とでも言いたげに両手を広げて、左足を大きく上げておどけているようにも見える。目と口が上半分に収まっているので顔の下半分にはたくさんの余白がある。その余白を埋め尽くすような大量のキスマーク。せん・たくやくんは、やあ、困ったなあと言わんばかりで、しかし満面の笑みだ。

わたしは三人のお姉さんが目をハートにして、くちびるをすぼめながらせん・たくやくんの腕に抱かれているところを想像した。せん・たくやくんは「たくや」「せんさん」「たっくん」などと囁かれながら三人の肩に腕を回し、明るく笑っている。想像の中のことなのに無性に悔しくなった。普段はくちびるを一文字にした作り笑顔なくせに、たまに無邪気な笑顔でおどけた途端にたくさんのキスを浴びる。これこそ「首ったけ」ではないか。彼に成り代わりたいきもちと、三人から彼を奪い取ってしまいたいきもちと、その両方があった。わたしは嫉妬していた。

四人の横たわる巨大なベッドには大きなシーツが敷かれている。そのシーツはきっと恐ろしいほどきっぱり真っ白く、しっかりアイロンがけされてひとつも皺がない。わたしはそこに乱入する想像をする。すべて想像なのだからどうしたっていいはずなのに、わたしはそのシーツの前から動けない。クリーニング屋のシーツが白い。わたしはそのまぶしさに立ち尽くして、(かなわない)と思いたいのかもしれない。

鬼の初恋

「学芸会でやる劇、何の役でしたか」

と、すきになりそうな人に尋ねるのがわたしの必殺技だった。なるべくおもしろい子として酔いがさめてもわたしのことを覚えていてほしいから、へんなことを聞いてきた子だったと思われたかったのだ。それに、まだあまりいろんな表情をみたことのない目の前の人がにこにこ困惑してくれるのも良かった。役って？　役です。桃太郎のきじの役とか、そういうやつのことです。そしてわたしは大抵先手を打って告げる。

「わたしはね、幼稚園のとき、桃太郎で鬼の役でした」

あはは。そんな強いエピソード持ってこられたら何も言いにくくなっちゃうよ、と言いながら打ち明けられる話の先をわたしはうきうき待っていた。

「わたしはね、幼稚園のとき、桃太郎で鬼の役でした」
と言うとき隠していることがある。わたしはたしかにその劇で鬼の役をしていたけれど、同時に、桃の役だった。幼稚園の卒園アルバムには〈ピーチガール（おに）〉と書いてあって、鮮やかなピンク色のポリ袋を被ったわたしが、とても気に食わないような顔でその手で桃のかたちを作っている。

その幼稚園には年中さんからのほんの少しの期間しかいなかった。父の転勤で沿岸のちいさな幼稚園から盛岡市内の大きな幼稚園に編入したわたしは、おそらくカルチャーショックを受けていた。とにかく自分と同じくらいの年齢の子がたくさんいて、みんなよくしゃべり、途方に暮れるほど砂場が大きく、海賊船のかたちをした大きな遊具があった。同い年のクラスは二つあって、つき組とほし組だった。わたしはつき組に編入した。途端に無口になった。前の幼稚園ではよくしゃべりよく笑う子だったのが、人の目を気にしてほとんどむつくれて過ごすようになった。当時のアルバムを見返すとよくわかる。顔つきが一変しているのだ。お玉をもって口をあけてげらげら笑っている写真が、引っ越してからマグカップを片手に睨むような写真になっている。こんなにあからさまに変わっては、両親はきっとそれなりに心配してくれたことだろう（あるいは性格の暗い両親はようやく翳のありそうになった長女に安心したのかもしれない)。わたしの幼稚園での断片的な記憶のそのすべてに友達がいない。

わたしはその幼稚園で皆が追いかけっこをしたりままごとをしていた時間、ほとんどを工作することに費やしていた。とくに、ペットボトルの底を切り取って金メダルを作るのが好きだった。先生に手伝ってもらって、まずカッターで切れ込みを入れる。そこからペットボトル用の鋏を使ってまるく切り取る。ぎざぎざの切り口でけがをしないようにビニールテープをぐるりと貼る。ペットボトルの底はジュースによってかたちが違って、けれどどれも花のようなかたちをしていた。わたしはでこぼこしたペットボトルの底をひたすら黄色いペンで塗った。ペットボトルにはぜんぜんインクが付かなくて、塗ったはずのインクが手にべたべたついた。手を黄色くしながらわたしは金メダルをひたすら作っては持ち帰った。持ち帰るのにも飽きて、だれにあげることもなく教室に置いたままにすることも多かった。「工作が好きな想像力の豊かな子」と言えばよく聞こえるが、すでに交友関係の完成されている、よくしゃべる女の子とうるさい男の子しかいない〈つき組〉でわたしがおしゃべりできる子はほとんどいなかったのだ。

学芸会の役を決めるとき、わたしはたしか〈ピーチガール(おに)〉を選んだわけではなかったと思う。ただわたしはいぬ、さる、きじになりたくなかった。わたしが心配しなくても、いぬ、さる、きじは髪の毛をくりくりに巻いた女の子たちが奪い取った。すべての役はふたり以上で担当が決まっていた。桃太郎もおじいさんもおばあさんもふたりずついたのだ。そのなかでおそらく〈ピーチガール（おに）〉は、どこにも行くあてのない子が行くところだったのだと思う。〈ピーチガール（おに）〉役になったのはかんしゃくもちで大暴れしてはしょっちゅう先生に別の部屋に連れていかれるみみちゃんとわたしのふたりだった。わたしはその役がとてもいやだった。鬼になるのはうれしかったのに、どちらかというとその劇の中では桃でいる時間のほうが長かったのだ。わたしはみみちゃんといっしょに段ボールでくりぬかれた大きな桃を持ってどんぶらこと言いながら舞台に出た。桃でいる時間がとても苦痛だった。はやく鬼になりたかった。卒園アルバムでみみちゃんと一緒に桃の段ボールの前で桃のポーズをしているわたしの表情はどう見ても鬼のほうがよく似合う。

　新しくて大きな幼稚園の子たちはみなませていた。きのう食べた夕飯が豪華だったことや、買ってもらったおもちゃの自慢をする子がたくさんいた。沿岸の幼稚園で、わたしはほとんど花を摘んで色水を作っていたことしか覚えていない。とくにわたしの苦手なさやちゃんという子がいた。その子はいつも頭の高いところにみつあみをしていて、スイミングと英会話を習っていて、話す声が高くて速くて、何を言っているのかよくわからないところが苦手だった。その子がいちばんに「好きな子がいるの！」と言い出した。わたしも！　わたしも！　幼稚園児のすごいところは、いちばんいけている子の好きな男の子を真似しようという流れが出来上がるところだと思う。バレンタインというものがあり、そこでは告白というものをするらしい。否応なくつき組はバレンタインにだれに告白するかで盛り上がり始めた。わたしはさやちゃんのことが苦手だったので、さやちゃんがさやちゃんのことだけで盛り上がってくれているのであれば安心だった。

わたしはその頃ペットボトルの底を金メダルにすることに飽きていた。折り紙で蜘蛛の巣のような切り絵を作るブームも既に過ぎ去っていて、その頃は大判のチラシでより細くより硬い折れない剣を作ることと、より遠くまでふわふわ飛ぶ紙飛行機を作ることに命を燃やしていた。剣と飛行機を作るようになると、ちょっと話しかけられることが増えた。おれにも作ってほしい、わたしにも教えてほしい、と言われるようになったのだ。わたしは一丁前に職人面をして「きょうはいい紙が入らなかったからだめ」と言って断ったり、「ほんとはもっと、遠くに速く飛ぶんだけどね」と首をかしげながらいまいちな紙飛行機を渡したりしていた。わたしの作る剣はあまりに鋭利で硬かったので、先生から剣を作ることは禁止された。それから先わたしは紙飛行機ばかりを作っていた。そこにさやちゃんが来て、銀色の折り紙で紙飛行機を作ってくれないか、と言ってきた。「できない」というような返事をした。おそらく、わたしの人生で自覚している最初の意地悪だった。できるけど、さやちゃんにはしたくなかった。

「わたしのすきな人、そうまくん」

とさやちゃんは言った。だからなんだよ、と思ったが、謎の敗北感があった。そうまくんは走るのが速くて、そらまめみたいなかたちの顔をしていて、桃太郎の役の子だった。そうまくんのことは何とも思っていなかったはずなのに、わたしはそうまくんを手に入れなければいけないような気がした。とにかくさやちゃんさえ懲らしめることができれば何でもよかった。さやちゃんはひまわりがすきで、よく髪留めを使っていた。だから今でもわたしはひまわりがあまり好きではない。

バレンタインの日、そうまくんはすごい人気だった。さすがにチョコレートは持っていけなかったはずだから、みんな手紙をあげていたんだと思う。そうまくんに対してひっきりなしに女の子たちが群がっていた。泣いたりわめいたりしていた子もいた。もしかしたらほんとうにそうまくんに好意を寄せていたのはさやちゃんだけで、あとはさやちゃんみたいなことをしてみたい女の子しかいなかったんじゃないかと思う。わたしは結局そうまくんに渡すものを何も用意していなかった。何も言いたいことがなかったのだ。さやちゃんはわたしのところにつかつか来て「そうまくんにお手紙渡したの」と言ってきた。「よかったね」とわたしは答えた。さやちゃんはわたしの頭をぶった。わたしはびっくりしてさやちゃんを見つめることしかできなかった。その日、迎えが来るまでわたしはいつもの机で、いつもの折り紙で、いつもの飛行機を折った。よく飛ぶ紙飛行機だ。水色の飛行機を折っていたらゆうきくんが来て言った。

「どうしたら、よく飛ぶかなあ」

ゆうきくんはチラシで折った自分の紙飛行機を持っていた。遠くに飛ばすにはあまりにも鋭利なかたちだし羽根の先を深く折りすぎているような気がした。

「かして」

わたしはそれを折りなおした。折りなおしながら、わたしはどうしてかゆうきくんに「すき」と言った。ゆうきくんは「ありがとー」と言った。初恋というものが「はじめての好意」だとすれば、わたしの初恋らしきものはそれだ。ゆうきくんは、もうひとりの桃太郎役の子だった。

「わたしはね、幼稚園のとき、桃太郎で鬼の役でした」

と言うとき、ここまで詳しいことを話したことはない。わたしは桃太郎で鬼の役だった。それだけで相手の話を聞きだすには十分だし、ほんとうはピーチガールだったとどんな顔をして話せばいいのかわからない。

「雪の役だった」「キリストの役だった」「鏡の役だった」「キャベツの役だった」「貿易商人の役だった」「いそぎんちゃくの役だった」その毎回で、いま、目の前にいるあなたとするこれがほんとうの初恋だと本気でそのつど信じていた。わたしが抱いている好意はいままでのどれともちがう色に光っているのだと伝えたかった。わたしが鬼のままでも恋をしてくれるひとを、ずっと探していた。

蝙蝠《こうもり》・胡麻団子・氷嚢《ひょうのう》

おしまいだ、と思った。とても最悪な気分で、未来にゃなにもないという気分で、部屋の電気を消して歯ブラシを咥えたままぼうっとしていた。朝なのに暗く、小雨が降っていそうな空模様だった。わたしは同居人がつらそうに出勤してゆくのを見送って、それからリビングの椅子に座ってぼうっとしていた。

何がおしまいなのかと言われるとうまく言えないのだが、うまくいっていることはひとつもないのだった。途方もなく、なすべなく、まったく明るい気持ちになれない朝だった。精神的にそんなふうになっている日、大抵の原稿はうまくいかない。きょうまでに出さなければいけない原稿のことを考えていたはずなのに、こんな暗い気持ちで何が書けるというのでしょう、とすぐに諦めてしまう。考え出すと、おしまいの原因はすべて自分にあるような気がしてくる。わたしの傲慢さや努力不足が己の首を絞めているのではないかという結論になり、太ももを自分のこぶしで殴りたくなるような衝動が来るけれど、わたしは自分に甘いので、そうはしない。口の中が唾液ばかりになったのを洗面所で流し、歯ブラシの水気を切って掛け、もう一度口をゆすいでリビングに戻る。

きょうの予定のことをぼんやり考える。きょうは金曜日。九時からあゆさんが来て、十一時半からキコとランチを食べ、十三時からシローさんと会い、十五時に小形さんに届け物をして、十七時から整骨院。考えただけでぐったりする。どうして先日の自分はこんなに立て込んだスケジュールにしてしまっているのだろう。原稿をすべて木曜までに出し終えて、金曜日は自分のパワーチャージをするための一日にしようと決めていたのだった。それが、週明けからなんとも精神的に原稿を書くのに向かない日が続き、溜めこみすぎた結果、ご褒美の金曜日を迎えてしまった。このままでは何も書くことができない。けれど、このままの気持ちで書ける原稿は一文字もない。さすがに午前の予定をその日の朝に断るのは失礼すぎる気がして、午後の予定二つをたくさん謝りながら延期してもらうよう連絡した。シローさんは「納品第一、がんばって」と言ってくれ、小形さんは「頑張り屋さん！」と言ってくれた。頑張り屋さん、と言われると、うれしくてすこしだけ泣きそうになった。そのあとすぐに（何もがんばっちゃいないのに）とくよくよした。

おしまいだ、と思って、気づいたらInstagramを見ていた。この頃そういうことが多い。世の中には脳みそを使わなくても見られる動画がたくさんある。しばらくInstagramのくだらないおすすめ動画を見ていたが、キャバ嬢がダンスを踊る動画と、浮気をする人間に面白おかしく暴言を吐く動画と、人間が捕食されるホラー漫画の広告と、おっぱいの大きな外国人がバナナクレープを作る動画が立て続けに来て、本当にくだらないので閉じ、慌てて眉毛だけ描いた。鏡を見つめる自分の顔が本当に深刻で、これは参ったなあと思った。


九時になり、あゆさんが来た。

「これをれいんさんにずっと渡したかったんですよ」

と、リビングの机に座ってすぐ、あゆさんは南部鉄瓶のかたちをしたちいさなフェルトの小物をくれた。わたしがずっと買いたいと思っていた、南部鉄瓶の蓋用の鍋摑みであった。南部鉄瓶はコンロで熱すると蓋の先の先までとても熱くなるから、いつもそれをふきんを使って押さえていたのだが、これからはこれをかぶせればよい。蓋のつまみの熱さから守ってくれる、それだけの用途のために作られた小物だった。南部鉄瓶がかぶるニット帽のようで大変かわいらしい。三角形の帽子のようなものしか見たことがなかったが、南部鉄瓶のかたちをしたものもあったとは。わたしはさっそくお湯を沸かして、コーヒーを淹れた。「かわいいし機能的だし最高です」と伝えるとあゆさんは「よかったあ」と心底うれしそうに言った。ふきんよりもかさばらなくてうれしいし、何よりも大きな南部鉄瓶がちいさなふわふわの南部鉄瓶のかたちをした帽子をかぶっているさまがかわいらしかった。

あゆさんはわたしより年上の女ともだちで、二児の母だ。何歳上かは何度か聞いたけれどその都度忘れている。ある日盛岡の書店で偶然鉢合わせ、「ともだちになりたいです!」と言われて、ともだちになった。

あゆさんは一通りわたしの話を聞いてくれて、あゆさんにしかできないとても適切なことを言ってくれた。そのあと、あっ、そうだそうだ、と話し出した。

「この前わたし蝙蝠に餌をあげたんです」

「蝙蝠に」

「仕事でね」

「仕事で」

「そう。冬眠中の蝙蝠が痩せないように、ピンセットでミルワームを一匹ずつ食べさせるの。蝙蝠の顔ってぶたみたいでかわいいんだよ」


十一時半になって、キコが来た。

「八人前かよ」とわたしが言うと、

「ほんとだよな」とキコは笑った。

キコは気になっていた中華料理屋のテイクアウトを買って持ってきてくれたのだが、その量が大きな紙袋二つ分で、わたしは笑い転げた。餃子と、餃子と、餃子（小）と、しゅうまいと、しゅうまいと、カレー丼と、胡麻団子と、胡麻団子と、マーラーカオ（ミニ五つ入り）と、マーラーカオ（ミニ五つ入り）と、プリンとプリンとプリンとプリンと、杏仁豆腐と杏仁豆腐と杏仁豆腐だった。「うちに持って帰るぶんも買ったからさ」とキコは言ったが、それにしても多すぎて、ここにある商品だけで店が開けそうだった。

「キコは気になるものがあったら全部買っちゃう人だもんね」

と、レンジでしゅうまいを蒸せる551の小さな蒸し器を出しながら言うと、

「そうなんだよ、ほら見てこの別添えのソース！　キウイと、苺と、ミックスベリーだって。そんなこと言われたら全部試してみたくなっちゃうじゃん、三つ買ったよね」

とキコは笑った。わたしは（苺かミックスベリーはどっちかでも良くない？）と思ったが、黙っておくことにした。せっかくなので皿に盛りなおして、温めなおして食べた。餃子やっぱ最高だな、しゅうまいやばいよこれ。わたしたちは同じところで同じような声を上げながらたのしんで食べた。

　キコはわたしより年上の女ともだちで、一児の母だ。何歳上かは何度か聞いたけれどその都度忘れている。ある日盛岡のとあるイベントで会い、食の趣味が異常に合うことがわかり、とにかく会えば食べ物の話ばかりしている。

「で、なんかあったの」と、キコは二つ目の餃子を食べながら言った。キコは一通りわたしの話を聞いてくれて、キコにしかできないとても適切なことを言ってくれた。帰り際になってキコはああ、そうだそうだと上着を着ながら言った。

「水飲んだほうがいい」

「水」

「そう、水足りないと考えすぎるってか、結局水ってことあるから」

たしかにそうかもしれない。水をもっと飲もう。キコが帰ってから一リットル入るボトルに水を入れ、ごくごく飲んだ。冷たい水をごくごく飲むと、からだの真ん中にざあっと水が流れるような感じがして、すこしすがすがしい気持ちになった。この後の予定をたしかめようとスマホを触ると、LINEの通知が二十件溜まっていることがわかった。わたしはすべての連絡をなるべく早く返したいと思っているので、普段二桁もLINEで未読が溜まることはそうない。キコと中華を食べているうちに何か緊急のことがあったのだろうか。すこし焦って開いてみると、二十件のうち六件は正午に届く広告アカウントからのお知らせで、残り十四件はヨーコからだった。

〈ねえ聞いて〉

【頭に氷嚢を載せているヨーコの自撮り写真】

〈バイト先であたまぶつけて、氷頭に当てながらいつものモスバーガーで休憩してたら〉

〈いつものお姉さんが無言であたらしい氷を袋に入れて持ってきてくれてうけた〉

〈氷クソデカい〉

【クソデカい氷嚢の写真】

〈これが前の氷〉

【溶けつつある氷嚢の写真】

〈みて〉

【デカい氷嚢を頭に載せたヨーコのより盛れた自撮り写真】

という調子だった。なんだ、そんなことか、と一度安堵して、いや、頭を打っているのだからそんなことではないよな、と思い〈まじかよ〉〈頭だいじょうぶ?〉と返信して、あ、この言い方は(頭おかしいんじゃないの)という意味に取られたらどうしよう、と思ってあたふたしている間に、

〈大袈裟なだけで大丈夫!〉

と送られてきた。ギャルは返信が速い。貰ったばかりの大きな氷嚢の上に、溶けているちいさな氷嚢を載せた写真が送られてきた。重ねられた氷のフォルムがすっかりうんちみたいだ、と思ったけれど、頭を打った人に対してそんなこと言ったら失礼だよな、と思い直す。すると、ヨーコからうんちの絵文字が送られてきた。〈言わないでおいてあげたのに〉と送ると、うんちがウインクしているスタンプが送られてくる。

ヨーコはわたしより年上の女ともだちで、東京でフリーランスで仕事をしている。何歳上かは何度か聞いたけれどその都度忘れている。インターネットで出会い、仲良くしている。ヨーコにもわたしの憂鬱を話そうかと思ったのだけれど、その必要はないような気がした。あゆさんとキコに話したら結構満足して、ヨーコの自撮りを見たら自分の不安が全部ばかばかしいような気がしてきた。

〈なんかげんき出たわ〉と送って、すぐに〈いや、こんなんでげんき出るほど落ち込んじゃだめだろ〉と追加で送った。〈れいんも友達を選んだほうがいいよ〉とヨーコから返事が来る。選んでお前だよ、と思った。ヨーコはとっくにそんなことわかっていると思うけど。

くちびるが乾いたので、洗面所へ行きリップバームを塗った。花粉症の薬を飲みはじめてからすぐにくちびるが乾く気がする。んー、ま。としながら、朝と比べて随分顔が明るくなっていると思った。おしまいだ、と思う日に、わたしには蝙蝠の女と胡麻団子の女と氷嚢の女がいる。水をごくごく飲んで、原稿に向かった。

夜のマンション

朝。自宅でいつも通りメールを読む。コーヒーを飲む。しかしきょうはよく晴れて春だ。ふと窓の外を見ると、高いマンションが見える。わたしの住むマンションから五軒くらい奥にあるそのマンションは、あたりまえだがいつも同じかたちをしていて、最上階に煙突のように一部屋分くらいの直方体がのっかっていて、その直方体の先にちいさな屋根がある。直方体の壁に筆記体でマンションの名前のようなものが書いてあるのだが、ちょうどそれが書いてある壁は我が家から読める角度にない。屋上につみきの家を持ってきて付けたようなその建物を見るたび、へんなの。と思う。あの、ぽこんと屋上にのっかっている部分にもだれか住んでいるのだろうか。大家さんとか、警備員さんとか。それともお掃除のひとのための倉庫のようなものになっているのだろうか。どうしてその屋根を付けようと思ったのだろう。思いついたように取り付けられた屋根はそこだけお城のようで、いいや。お城というよりもお城をコンセプトにしたラブホテルのようで、妙な味わい深さがあった。

「ひとだ」

と声が出た。わたしがぼんやり眺めていたそのマンションの最上階に人影が見えた。それから、（きょう最初に喋る言葉がこれかよ）と思った。昨晩は遅くまで飲んで帰ってきて溶けるように眠ってしまい、朝も眠ったまま同居人のミドリと朝の挨拶すら交わすことができなかった。その結果、きょう最初に発した言葉が「ひとだ」になる。魔王の国のよわっちい手下のような台詞じゃないか。わたしはこの頃の自分の生活を恥じた。

仕事を辞めてもう一年経つというのに、わたしは未だ、性懲りもなく勤め人だったときの自分の姿に縋っているのだった。作家だって社会にとって必要な仕事だと言い聞かせながら、それでも仕事着を身にまとう自分が恋しかった。お客様と仕事じゃないような談笑をしたり、理不尽を引き受けたり、遠くまで車を走らせたりする。その日々のわたしのことをやたら輝かせて思い出すことがとても増えたわたしは、企画書も売り上げ票も出さなくてよくなったさみしさを埋めるように、前の仕事相手と遅くまで飲んでばかりいた。昼過ぎまでぼさぼさの髪でいるくせに、飲みに行く直前に前着ていた仕事着に袖を通し、「おや先生、おつかれさまです」と揶揄われたりしながらサラリーマンたちの話を聞くだけでたのしいのだった。愚痴でも達成感でも、上司や同僚のいる人たちのああでもないこうでもない話を聞いていると、この輪にいる自分も社会に参画しているようなきもちになる。サラリーマンをやるというのは本当にすごいことだったと思っているから、どれだけ「すごいね」と言われても、サラリーマンの皆さんのほうがずっとずっとすごいですよ、と言い返して、お酒がおいしくて、二軒目が三軒目になる。夜中の一時をすぎて「うあーもうこんな時間、明日仕事かよ」と言うひとに「ね、お会計しましょう」と返してパイナップルのカクテルを飲み干しながら、しかしわたしは、無理に七時に起きて準備をしなくてもいいことに気が付く。担当編集との打ち合わせは十三時から、それに間に合えばよい。手を振って別れて家までの道をへらへら歩いて帰りながら、だんだん真顔になる。この仕事の自由さのことを考えると夜空が真っ黒い布のようにわたしに巻き付いてきて、玄関までの足取りはどんどん重くなる。そうして静かに玄関を開けると、明日も仕事のミドリはとっくに眠っている。（ごめん）と思いながら靴を脱ぎ、（ごめん）と思いながら水をごくごく飲み、（ごめん）と思いながら顔を洗うとき、この（ごめん）はミドリに言っているのか自分に言っているのかわからなくなる。それでも酒場で敬語とため口がぐちゃぐちゃになりながら笑ってお冷を頼む自分が「本当のわたし」だったような気がして、飲む誘いがあればなんでも引き受けていた。

マンションの人影は部屋を出ると左に向かって歩いて、消えた。作業着のような薄青い服を着た、男性らしき人影だった。行っちゃった。と思ったら、今度は左端からまた戻ってきて、ドアを開けて部屋に入った。財布でも忘れたんだろうか。わたしはそのドアをしばらく見つめていたが、ドアがもう一度開くことはなかった。へんなお城のようなそのマンションで人影を目にしたことがなかったので、とても奇妙な感じがした。わたしがこのマンションに住んでいるように、あのへんなお城のようなマンションに住んでいる人もいるのだ。窓からどんな景色が見えるんだろう、と思って、ひらめいて夜を待った。

「ただいま」

と声がして、スーツ姿のミドリは靴を脱ぎながらネクタイを外そうとしている。

「ちょっと待った」

「えっ、なに」

「行きたいところがある」

わたしは薄いコートを羽織り、押し出すように玄関で靴を履いた。せっかく帰宅したばかりのミドリの靴をもう一度履かせて部屋から出て、腕を引いてエレベーターに乗った。

「お出かけ？」

と困惑するミドリがエレベーターの〈1〉を押そうとする手を払い〈12〉を押した。

「最上階からの景色を見てみたくなった」

「ほお」

ミドリはおじいさんのような声でそう言った。わたしは気が付いたのだ。わたしたちの住む部屋は三階で、このマンションの最上階は十二階。わたしはいつもへんなお城のようなマンションの最上階を見上げているけれど、もしかすると、このマンションのほうが背が高いのではないか。

岩手の四月の十九時半は、ほんの少し淡さを残した濃紺の夜空だった。最上階の住人に迷惑をかけないよう、「しー」と人差し指を唇に当てて降りたが、外の景色を見た途端、思わずひゅいと息を大きく吸った。こんなの、こんなの！

「夜景じゃないか！」

わたしが小声で言うと、ミドリは、

「ぜんぜん違うマンションみたいだね」

と小声で言った。わたしたちは忍び足で最上階の廊下をゆっくり歩いた。同じマンションなのだから似ていることもあるだろうと思っていたのに、本当に、まったく違う生活のように思えた。廊下を歩きながらいつも窓を見ている建物は、真上からで屋根しか見えない。最上階からは国道がまっすぐ岩手山へ伸びていくところまで見えて、すっかり夜景のようだった。三階から見るよりもずっとたくさんの街の明かりが見えた。マンションひとつにぜんぜん違う生活が積み重なっている。冗談でなくほんの少しだけ、海外に行ったときと似たような気分になった。いま、同じ時間にぜんぜん違う人間がうじゃうじゃ存在していて、それがわたしとまったく関係ない生活を送っていると実感するときの、感動でも恐怖でもない、ただただ莫大な、かんじ。学校の校庭らしき明かり、赤信号を待っている車の列。ジョギングしているひとが持っている小さな懐中電灯。ひとつひとつ眺めながら、わたしはだんだん悔しくなってきた。調べていないからわからないけれど、たぶん最上階のほうが家賃が高いだろう。高いお金を払えるひとは高いところから街を見ることができる。日々暮らしていてこのマンションに不満を持ったことは一度もなく、心底気に入った部屋だったが、もっとお金を稼いでいつかこのマンションの最上階に引っ越してやる、というのはどうかしら。そう考えながらいちばん奥にある非常階段まで歩いていると、

「高所恐怖症にはきびしいねえ」

とミドリはへなへな笑った。あれ、高所恐怖症だったんだっけ？　そうだっけ？　と慌てるわたしにミドリは「れいちゃんにはもう何度も言って、何度も同じ反応をされています」とか弱く言った。（ごめん）と思う。

「ごめん、踊り場でひとつだけ見たいものがあって」

と非常階段を下りながら「無理しないで」と伝えると、ミドリは何を思ったのか、むん、むん、と息を吐きだしながら一緒に踊り場まできて、身を乗り出して下を見た。

「うーん、なるほどね」

とミドリは言った。高所恐怖症ならもっと腰が抜けたりすると思っていたので意外だ

った。わたしは首を伸ばしてへんなお城のようなマンションを探した。いつも部屋の窓から見ている建物なので、廊下からは正反対の方角しか見えないことに昇ってはじめて気が付いたのだった。へんなお城みたいなマンションは乗り出してもうまく見つけることができなかったが、早々に諦めた。わたしは十二階からの景色を見られただけで十分満足していた。


三階に戻るエレベーターの中で「どうして高いところが苦手なの？　さっき大丈夫そうだったけど」と尋ねると、

「飛び降りたくなっちゃうからね」

とミドリは笑った。

「だから落ちても死ななそうな三階くらいがいちばんちょうどいいんだよ。おれは十二階には絶対住めないってわかってよかった」

いままで聞いた高所恐怖症の話の中でいちばん怖かった。怖すぎておもしろくて笑ってしまった。高所恐怖症ってバンジージャンプが絶対に出来ないひとのことだと思っていたのに、飛び降りたくなりそうだから高いところがだめなひとがいるなんて。

「え。てことはさっきちょっと飛び降りたくなった?」

「『飛び降りてえなあ』と思った」

ちょっとやめてよ怖すぎるぜったい高いところ連れて行くのやめようって思ったし十二階に住むのも絶対にやめよう、とまくし立てるとミドリは笑った。

部屋に戻って鍋を作って食べた。ミドリが買った焼きあごだしの鍋つゆは「あらまあ」と声が出るほどおいしかった。しらたき入れすぎたかもと思ったけどぜんぜん食べれるねと言いながら、この部屋でふたりで鍋をつくのも「本当のわたし」に違いない。

夕陽を見せる

道の駅象潟《きさかた》「ねむの丘」には「眺海の湯」という展望温泉がある。大きなビルの上に真四角の展望塔がくっついたようなその建物には広大な駐車場があるが、その駐車場はすべて埋まっていた。ゴールデンウィークはまだ中盤、それも、みんなが海を見たくなるようなすがすがしい快晴の祝日である。道の駅へ右折する車のために大渋滞が起きていると予想はしていたが、それでもうんざりするほど渋滞で進まなかった。わたしたちは二十分ほどかけて律儀に並び、なんとか駐車をした。背伸びをしながら建物の裏側にある広場へ行くと、「おっ」と声が出るほどきれいな海が一望できた。家族連れやカップルやバイク旅のおじさんたちがたくさんいて、みな思い思いに海の写真を撮っていた。わたしたちもそうした。海は撮ると遠くなってしまうから、見返したところでこの「おっ」という感動までは再現できない。そうわかっていても撮りたくなるのが海。建物側を振り向くと、展望塔の下にガラス張りのフロアがあった。これが温泉か！　すべてガラス張りになっている大浴場からは、きっと海岸から見えるような大迫力の海が見えることだろう。そのフロアの左のほうに裸のおじさんが見えた。ひゃあ。まるみえ。ガラスからの景色には遮るものがない代わりに、あまりにガラスに近づくと広場にいる外の人から裸体が見えてしまう。おじさんは大風呂のへりに腰かけているのか、いちばん見えないほうがいいところだけは絶妙に隠れていた。惜しい、と思った。見たいわけじゃないのに。

建物の中に入ると案の定飲食店は長蛇の列で土産物屋も通路という通路が混んでいる。はやめにお昼食べておいてよかったね、と言うと、ミドリは「でしょう」とうれしそうにした。わたしたちは十一時半においしい鶏中華そばを食べ終えている。人でごったがえすお土産物売り場すべてを回り切ることを早々に諦めて、和菓子コーナーと日本酒コーナーで目当てのものだけを購入する。お会計をしてお釣りを待っている間に、ようやくわたしはここに以前来たことがあると思いだした。たしか、山登りをする両親はここの温泉が最高なのだと熱弁していた。わたしが前に両親と来た日は笑ってしまうほどすさまじい吹雪の日で、大浴場から見えるという眺望のイメージがまったくつかないような悪天候だった。

建物の正面入り口からは、二階のレストランに続くエスカレーターがみょーんと伸びている。「眺海の湯」と書かれた看板に目が留まる。さっきの温泉か。

「温泉には入らない？」と気づけば口にしていた。

「入りたい？　おれはどっちでもいいよ、髪とかお化粧とかあるだろうし」

そう言われると悩む。まだ十五時。ここですっぴんになるのは少々気が引けるが、かといって化粧をしなおすのもたしかに面倒だ。わたしは入浴のここちよさと化粧のわずらわしさを天秤にかけた。

「いいや。行こう、滝見に行こ」

天秤が化粧のわずらわしさのほうに傾くまでは数秒もかからなかった。しかし、温泉から車が遠ざかるほどにわたしはあのガラス張りの大浴場のことを考えていた。しばらく大きなお風呂に入る機会もなかったし、連休中の旅はまだ続く。ここでゆっくりからだを休めたら、さぞ気持ちがいいだろう。それに……。

「あのさ、やっぱりさっきの温泉に入りたい」

「お、やっぱり入りたかったか。ごめんね、さっき入ろうかってもうすこし背中押せばよかった」

「ちがうの。日没をあの温泉で見たい気がしてきた、わたし裸で夕陽見たことないかも」

「おれもないな……よし、日没に間に合うように戻ろう、きょうの日没は十八時半くらいなはずだよ」


十八時の脱衣所で、わたしはズボンとストッキングとショーツをまとめて脱ぎながらはらはらしていた。あと三十分もあるとわかっているのに、それでもわたしより先に夕陽が沈んでしまっていたらどうしようと思った。タオルを持って大浴場へ足を踏み入れると、いちめん淡いオレンジ色だった。海側に作られた大浴場からは、海と空だけがどーんと見える。夕陽はまだ暮れるまでにはそれなりな時間がかかりそうなくらいの位置にあって、海面はあたたかい光をうつわのようにたぷたぷ受け止めている。わたしは大きく息を吸った。うれしい。うつくしい光景だった。ゆっくりからだを洗い、まずは大風呂の隣の泡が出るお風呂に入った。じわじわと足先から入ると思ったよりもお湯が熱い。わたしはからだをこわばらせながら静かにゆっくり肩まで浸かった。湯船の中から見る海はさっきよりぐんと近く、わたしも海の中から肩を出しているのではないかと錯覚するような景色だった。ガラスの近くには、近づきすぎると外から見える旨が書かれていた。書かれていたうえであのおじさんはこのへりに腰かけたのか。しかし、腰かけたら相当気持ちがいいだろうと想像できるくらい絶景だった。

五分ほど腕やふとももを撫でながら入浴すると、のぼせそうになって一旦上がった。ガラスに沿って細長く作られた大風呂のうしろには、休むためのプラスチックの椅子が一列に並べられていて、その椅子からもきれいに海が眺められるようになっていた。わたしはそのいちばん右端にある椅子に座っていよいよ陽が落ちるとなるまで休むことにした。淡いオレンジ色の空は、太陽が水平線に近づくにつれて濃いオレンジ色になった。太陽は次第に大きくなっているように見える。女湯にはつぎつぎと新しい客が入ってきた。入ってくる人がいても出てゆく人はほとんどおらず、みなわたしと同じように、ここで日が暮れるのを見たいのだとわかった。わたしの左の椅子にいた老婦人がゆっくりと立ち上がって大風呂に入る。すると今度はその椅子に小学校高学年らしき子が座る。その子は海を睨むように前かがみに座っていたが、一分もたたないうちにしびれを切らして勢いよく立ち上がり、シャワーを浴びる母親の元へぱたぱた駆けて行った。

数分して隣の椅子に来たのはわたしと同世代と思しき女性だった。タオルをターバンのように頭にきれいに巻き付けて、椅子の上に体育座りで座った。脚が長くて細くて白い、きれいな人だった。大浴場は次第に混みはじめ、最初はガラスの近くに均等にいたのが、水平線に夕陽がくっつくくらいには既にぎゅうぎゅうになっていた。わたしは大風呂へ移動するタイミングをすっかり逃していた。随分前から入っている人も多い。このお湯は熱いから、きっと次第に出る人もいるだろうと睨んでいたのに、誰ひとり上がろうとしないので混む一方だった。

いよいよ陽が落ちる。オレンジ色だった太陽は蛍光ピンクを混ぜたような鮮やかな色で光りだした。夕陽の光が海一面にしらしらと輝き、おなじように、大浴場の湯船にも夕陽がたっぷりと射していた。たちこめる湯気と水の音。まぶしい夕陽。女湯のいちばん右端からわたしはうつくしい夕陽と、うつくしい女性たちを眺めていた。四十人ちかくいるはずなのに、女湯はおどろくほど静かだった。みな海を向いて黙っているので、横顔だけがずらりと見える。わたしはしばしぼうっとそれを眺めていたが、突然みぞおちからこみ上げてくるようにからだがびくっと跳ねた。「うう」と声が出ていた。泣いているのか、湯気に濡れているだけなのかわからなかったが、とにかく感動と言うほかなかった。はだかの女たちが、はだかで海に沈む夕陽をなにも言わず眺めている。その光景のうつくしさに、わたしの細胞すべてがどうしてよいかわからず狼狽えているようだった。きっと男湯でも同じように、みんなで静かに夕陽を眺めているのだろう、と想像がついた。人間のからだを持ち寄って、肩から湯気を上げながら知らない人同士で同じ方向を向いて夕陽を見ている。その状況に、わたしはひどく感動した。うつむくと自分の陰毛がきらきらしている。海に向かっているすべての肌が夕焼けの日差しを歓迎して、おのおの発光しているように見える。母親に抱きかかえられた幼い子も、まだ膨らんでいない胸の女の子も、わたしと同じくらいの年のお姉さんも、子どもを連れた中年女性も、しわくちゃの老婦人も、みなとても凛々しい顔をしていた。それぞれの人生がすこしでも幸せであってほしいと込み上げるようにそう思い、それと同時に、わたしのいままでのすべてのからだとこれからのからだが壮大に祝福された心地がした。知らない人しかいないはずなのに、おなじ船で旅をしてきたような誇らしさがある。人生のすべての時期のわたしが横並びで湯船に浸かっているように思えて仕方がなかった。わたしは二の腕をさすりながら漠然と（わたしはもっとわたしのおっぱいにいろんな景色を見せてあげたい）と思った。

水平線に夕陽が半分以上隠れると、湯船にいた何人かが上がっていった。さすがに熱かったのだろう。わたしは立ち上がり、湯船のその空いたところに陣取った。やはりお湯は熱い。しかし、染みわたる心地良さがたまらなかった。水平線に歪みながら沈む、バターが溶けるような夕陽もうつくしい。わたしは前にいる人の肩越しに残りの夕陽が沈み切るまでを見届けた。沈み切るまで夕陽はちりちりと長いこと水平線にいたが、すっ、と消えると一気に空が一段階暗くなる。わたしたちはお互いに目配せすることなく、しかし一斉に大浴場から出て散り散りになった。大混雑の脱衣所ははしゃぎ回るこどもたちや会話に盛り上がる人たちであちこち騒がしく、すこしだけほっとする。わたしは夕陽に温まったおっぱいを大事に仕舞って女湯を出た。

いやな手

わたしはわたしの手が嫌いだ。短く、もこもこしていて、くすんでいる。わたしはいつも、自分の手を見ては（ああ、またこの手か、いやな手）とがっかりする。手がきれいなひとならよかったのに、と思うたびに、自分が一生なることのできない人生に思いを馳せてしまう。短く、もこもこしていて、くすんだ手を眺めていると、わたしは今後も決してすらっとした人生を生きることはない、というお告げのように思う。わたしは自分の手を見るたびに、飽きもせず（あーあ、いやな手）と思うのだ。

とはいえ、わたしは手以外においては自分の容姿を結構気に入っている。気に入っているというよりも、慣れてきたとか、あきらめているとか、そういう種類の撫でやすさかもしれない。ほっぺたが大きくて鼻がぺちょっとしていて、背が低くてぽっちゃりしている。それがわたしのシルエットであり、愛嬌であり、これを今更大きく変えたいだのという願望はない。ただ、手だけは違う。手だけは、今からでももっと美人のような手に挿《す》げかえることができたらどれほどいいだろうと何度もそう思う。

わたしの手は指が短く、太い。「クリームパンのような」と太ってもこもこした手のことをよく喩えて言うけれど、わたしの手にはそこまでの肉厚さはない。そこがまた、微妙にいやだ。「クリームパンみたいで」とわたしがわたしの手を自虐することができるフォルムでは、ぎりぎり、ないのだ。しかし、手の甲にはまったく節や筋が出ていないので、蠟で作ったようにとにかくぽってりしている。軍手をはめたときの手のように、すべての指と関節に抑揚がないのだ。それから、指先を全部そろえると、人差し指、中指、薬指、小指の付け根のところに、ぴっ、とくぼみができる。赤子のむくむくした手にできるような、えくぼのようなくぼみがある。とどめに、わたしの手は浅黒い。小学生くらいからずっとそうだ。特に、手の甲から指先にかけてすぐに日焼けしてしまう。その色素沈着がなかなか抜けないので年中手が浅黒い。指先には手の甲と手のひらの日焼けの境目がいつでもくっきりついている。こんがり焼けた手の甲、抑揚のない指。わたしは自分の手を見るのがとてもきらいだ。

美人は手がもうきれいだもんな、と、これまで何度思ったことだろう。診察券を出すとき、ペンを借りるとき、ティッシュを取ってもらうとき。だれかの指先が自分の近くに来ると、つい、その手を見てしまう。男性でも女性でも、指がとてもきれいな人はたくさんいる。そういう人に遭遇するたびに、わたしは指先をぎゅっと握って隠したくなる。うつくしい手の人たちは、指先が枝のように見える。葉脈のように手の甲に骨や筋が透けて見えるのだ。わたしはだれかと会ったとき、よく手を見てしまうから、よく手を褒める。ネイルがおしゃれな手も、筋張った指も、みんなの手がこころからうらやましいのだ。だれかの手を褒めた分だけ、自分の手もすこしきれいになればいいのに、と、祈っているようなところもある。

きらい、と言っても取り外せる手ではない。わたしなりに、なんとかこの手とうまくやっていこうとか、好きになってみようとか、挑戦してみたことがある。まずは日焼け止めだ。黒くなるのがいやなら、日に当たらないようにすればいい。運転するときは腕カバーをつけ、なるべく効果的な日焼け止めをこまめに塗り直し、日傘をさした。日焼けしやすいわたしの肌は、そこまでしてもやはり焼けた。もちろん何もしないよりはずっと良かったはずなのに、わたしはこんなに苦労して日焼けから逃げても指先が決して白くはならないことに不服だった。

指輪をすれば手のかたちにあまり目がいかなくなる、とか、ネイルをすればテンションが上がる、とも知り、どちらもやってみたことがある。琥珀の指輪も、桜貝のようなピンクベージュのネイルも、どちらも、とてもさみしかった。指輪は、かわいい。爪も、かわいい。けれど、それを灯す枝としての自分の手をどうしても気に入ることができない。手を見るたびにテンションが上がるどころか、指輪やネイルのために手を見るたびに（いやな手）と思ってしまうため逆効果だった。この手でなければもっときれいだったろうに、ごめん、と思ってしまう。Instagramなどを見ていると、ネイルの施術をされたあとに、そのネイルを見せるために手の写真を撮る、という流れがある。わたしはそれができない。とにかく手の甲をできるだけ他人に見られたくない。どうしても何かを持ち上げた写真を撮らなければいけないときは、第一関節から先しか写らないようにする。鏡越しに自撮りをするときにスマートフォンを持つ手はできるだけ指を曲げ、ぼんやりとした手に見えないようにする。

わたしはわたしの手がいやなので、ピースもしない。ピースをすると、この手の不格好さがより際立ってしまうのだ。だれかと写真を撮るときはピースをせずに、五本指をぱっと開いてパーをするか、「ガオー」と爪を立てるようなポーズにする。そういう、自分の手をなるべくいやな手だとばれないように写真を撮ったり撮られたりする技術だけが上がった。

だから、

「手」

と言われたとき、わたしはすぐに手を引っ込めた。バーで隣り合わせたかっこいいお兄さんが、わたしの手をじっと見ていた。わたしは既に三杯目でギムレットを飲んでずいぶんご機嫌になっていたが、その火照りが一気に冷えるのがわかった。

「手、ないです」

とわたしは両手を後ろにして言った。

「なんで隠すんですか」

とお兄さんは笑いながら言った。

「いやな手だからです」

わたしはたぶん、結構睨んでいたと思う。次におまえがどのような言葉をかけてきたとしても、絶対に許さないからな、という意志をやどしたまなざし。たとえいい気にさせようとして「きれいな手ですね」と言われたとしても、絶対にそんなわけがないとこちらは十数年思い続けているのだから、許さない。もし「もこもこした手ですね」「日に焼けていますね」などと言われたら、いますぐ目の前のオリーブに刺さっているピックでおまえの目を突くほどには許さない。さあ、いますぐ手の話をするのをやめろ。わたしはできるだけすぐに会計を済ませてここから出てやる。そういう目で、睨んだ。

「いやあ」お兄さんはとくに謝りもせず、こちらを向いていた椅子を正面に戻した。サイドカーに口をつけてすいっと飲むと、カウンターの奥を眺めて言った。

「人差し指、ナイキみたいだったんで」

「は」

「ナイキ」

「なにが」

わたしは思わず両手を前に差し出して眺めた。

「ここ」

彼は今度はこちらに身を乗り出して右手の人差し指をぬっと差し出すと、わたしの左手の人差し指を突いた。それは、今朝ヘアアイロンでつけてしまった火傷だった。左手の、人差し指の第二関節と指の根元の間に、じゅっ、と「閉じかっこ」のような傷ができていた。朝できた傷痕は夜になり、すっかり黒くくっきりとしていた。

「ナイキの手、と思ったんで、すみません」

「そうでしたか」

わたしはあっけにとられてその傷を眺めた。右手の親指で傷痕を撫でてみると、まだ奥の方でじんと響くように痛い。この傷、治んないかもしれないな、とぼんやり思った。ナイキ、と言うほどナイキ然としている傷ではなかったが、ゆるりと湾曲した傷で、言いたいことはわかる。お兄さんに対して「ナイキってことはジャスト・ドゥ・イットってことかもしれないっすね、がんばります」みたいなことを、言う余裕もなかった。手のことをすっかり馬鹿にされるものだと思っていたから拍子抜けした。いや、考えようによってはそうとう馬鹿にされているのかもしれないが、そこかい、と思うとも う頭が回らなかった。

「どうぞ」

とわたしは枝付きレーズンの入った小皿をお兄さんのほうに寄せた。好意のつもりではないです、と示すために、なるべくうんざりした顔で。いいんですか、と言いながら既に摘まもうとするお兄さんの指が、伸びてくる。それが、はっとするほど美しかった。爪のかたちから手首までの造形が、なんというか非常に合理的な感じがした。綺麗、というのとは少し違う。きちんと労働者の手で、しかし、思いやりと知性のあるような指のかたちで、とにかくセクシーで、ぐっときた。これからさらなる大樹になる幹の、頼りがいのある枝のような、しなやかで青い手だった。

「手、きれいですね」

と、わたしは言っていた。自然に口からそう出た。

「そうですか」

とお兄さんは言った。そして、

「あなたがそう思うなら、きれいなんだと思います」

と言って笑った。言われ慣れているんだろうと思ったし、それでよかった。

自分の手を見つめてうつくしい手のことを考えるとき、わたしはそのお兄さんのことを妙に思い出す。うつくしい手の人生にも、うつくしい手の悩みがあるのかもしれない。無事にナイキの傷が治ってからも、わたしの手はいやな手のままである。わたしがきれいだと思えばきれいな手になるのかもしれないが、きれいだと思うことは今後もないと思う。わたしはいやな手を隠すために、きょうもカメラの前でピースをしない。

見ていないし、透かしていない

（あ、この人には見透かされている）と思ったことがいままでに何度かある。その人の真正面に立って会話をしようとしても、何を話すのが正解なのかわからない。取り繕っても取り繕っていることが伝わるし、何なら、いま取り繕おうとしていることすら、その人にはお見通しなのだろう。そういう思考が脳をつるつると滑る。頭の中ではうるさいのに、実際はその時間無言が数秒続いている。いけない、何か話さなくては。でも、何を。

数年前、とある書店員さんと会話したときのことを忘れられずにいる。彼のことを仮にAさんと言おう。Aさんは、シンプルに言うのであれば愛嬌がない人だった。本当にいい人で、冷たい人でもいじわるな人でもないのだが、愛嬌がなかった。愛嬌がない、と言うといやなやつのように聞こえてしまうが、愛嬌がなくても仕事はできる。自分によっぽど熱意のあるもの以外のことは淡々としている人にわたしは誠実さを感じていて、Aさんはまさにそのような人だった。

本を置いていただいているお礼を、と訪れたわたしにAさんが「おお、わざわざありがとうね」と言いそうな雰囲気は一切なかった。（この書店にはあなたの本を置いていますす。それで、何か御用ですか？）そういう感じだった。

「いつもありがとうございます、本、置いていただいて」

わたしがにこやかにそう言うと、

「はい」

と、Aさんは言った。不機嫌な風でも、かといってうれしそうでもない、まったくノーマルな顔で。わたしは固まった。こころの中でAさんに（で？）と言われた気がした。こちらこそ置かせてもらってありがとうね、くらい言ってくれたっていいじゃない、と思ったが、挨拶をしに来たのはこちらであって、自分の厚かましさに辟易した。こちらこそありがとうね、とか、がんばっているね、とか、そういう言葉があればわたしは「いえいえ！」と会話を続けることができたのだが、そうならない場合のことをまったく想定していなかった。ドッジボールで自分が投げたボールを、相手が真正面からあっさりとキャッチしてしまったときの、「げっ、やられる」に、似た気持ちがした。わたしはAさんの目を見た。会話は目線の送り合いだ。やられると思ったほうが負け。いつのまにかわたしは穏やかな会話からバトルモードに頭を切り替えていた。しかしAさんの目は、とてもまっすぐにわたしを見ている。Aさんの黒目から出るビームがわたしの黒目を貫いて、頭蓋の中を乱反射しているような感じがした。

（あ、この人には見透かされている）

そう思ったらもう、なにも言えなくなってしまった。わたしのほうから目を逸らした。Aさんはとても頭がいいんだろうな。わたしなんかよりずっといろんなことを知っていて、わたしの浅はかさなんてとっくにわかっていて、わたしがこれから何を話そうと、このひとの心を動かすことはできない。そういう確信があった。となると、より、何を話していいのかわからなくなった。無性にくやしかった。ばかにしてんじゃないよ、なめんじゃないよ、と怒りのようなものが骨盤のあたりから湧き上がってきた。せめて、なにか、Aさんのなかにわたしとの会話が一言でも残ってほしい……それでわたしは、言ってしまったのだ。

「Aさんってすごいですね。なんだか、Aさんと話しているとわたし、全部見透かされているような気がします」

わたしはよく「愛嬌がある」と言われる。けれど、どちらかと言うと「気さく」と言われたほうがうれしい。「愛嬌がある」と言われると、八方美人であったり、ビジネスのために媚びている、と言われているような気がして苦しい。わたしは人とにぎやかに会話をすることに喜びを感じて暮らしている。二手先まで読んで気遣いをすることも含めて、人とコミュニケーションを取ることが幸せなのだ。わあわあ、ひゃあひゃあ、うっそお、えーっ、と言いながら仕事をする。それがたのしい。無理してそのように騒がしくしているわけではなく、どうしてもそのほうが性に合っている。無理はしていない。しかし、知らない話題に「へえ！」と興味があるような顔をすることを「媚びている」と言われてしまえば、わたしは媚びているのかもしれない。知らないものが目の前に現れたときによくわからないまま「へえ！」と笑顔を見せるのではなく、「知らないです」という顔をすぐにできる人のことが、時折、とんでもなくまぶしい。Aさんはまぶしかった。

それから数年して、わたしはインタビューのためにテレビに出ることになった。ヘアメイクをしてもらって、台本を貰って、ここでこんな質問をするから、これくらいの長さで答えてください、と一通り説明を受けた。インタビュアーを務めてくださる女性アナウンサーはわたしと同じくらいの年齢の方だった。顔がとても小さくて、脚が細くて、たくさんの花がちりばめられたワンピースを着ていた。

「ああ、緊張します。ファンなんです」

と言われた。直感的に、たぶん、そんなにファンではないのだろうと思った。無理しなくていいのに、と、気の毒に思った。

「わたしもいつかくどうさんとお茶したりして、エッセイに書かれたいです。終わったら交換しましょ、ＬＩＮＥ」

と彼女は続けた。ぜったいにお茶することはないし、たぶん、彼女も本当にお茶をしたいとは思っていないだろうと思ったが、「わあ、いいですね」と言った。

「ああ、ほんとに緊張する、手震えてきた」

と彼女は笑った。手元を見たがそんなに震えてはいない感じがした。

「緊張することないですよ、わたしのほうが緊張してます」

と、わたしは言った。実際けっこうどきどきしていた。彼女は、いやあ、ほんとに、えーっと、などと言いながら、ひとしきり台本を見たりわたしの本をぱらぱら捲ったりしたので、わたしも台本を眺めた。

「なんか」

しばらく無言で台本を確認していたら、彼女がそう言って息を大きく吐く音が聞こえてわたしは顔を上げた。

「なんか、くどうさんと話すの、見透かされてる気がして緊張します」

彼女は大変気まずそうな顔でそう言って、はは、と笑った。わたしは驚いて硬直した。は？　と、正直思った。しかしすっかりわかった。彼女はAさんと話したときのわたしそのものだった。

「Aさんってすごいですね。なんだか、Aさんと話しているとわたし、全部見透かされているような気がします」

と、わたしはあのとき、最後の切り札として言った。完全に追い込まれていた。もう

話せることがそれしかなかった。Aさんはあのとき、表情ひとつ変えずに、

「いや、見てないですよ」

と言ったのだった。

そう、見ていないのだ。見ていないし、透けてもいない。見透かされていると思うとき、わたしはAさんのことを本当にちゃんと見ていたのだろうか。自分よりも圧倒的なオーラを勝手に受け取って、この人には自分の話すことがすべてくだらなく思えるのではないか、わたしの取り繕っていることがすべてばかばかしく見えているのではないか、と疑っていた。しかし、わたしが疑っていたのはわたし自身だ。実際Aさんがどう思っているかなんてひとつも聞いていないのだった。わたしは自分に自信がないことを、「相手が見透かしてくる」と思うことによって自分を安心させようとした。Aさんを鏡のように反射させて、本当はわたしはずっとわたしのことばかり考えていた。

いざ自分が「見透かされている気がします」と言われてみると、突然悪役を押し付けられたようで本当に勝手な話だった。むっとした。そして、（あなたが見透かしていると思うのであれば、そうなのかもしれませんね）と思った。それまではわたしと彼女が会話をしているつもりだったのに、彼女は彼女と会話をしていたのだとわかった。Aさ

んもきっと、わたしがそんなことを言うまではわたしと会話をしてくれていた。「いや、見てないですよ」と言った後、じゃあ、整理があるのでとAさんはすぐにバックヤードへ行ってしまった。やっぱりちょっと冷たい人なのかもしれない、と思ってしまったが、その意味が、気持ちが、いまのわたしならわかる気がした。

「なんか、くどうさんと話すの、見透かされてる気がして緊張します」

と言った後、彼女は妙にせいせいしているように見えた。自分は悪くない、と言いたげな顔だった。自分は悪くない、自分を見透かせるほどのパワーを持っているあなたが悪いのだ、と。わたしは腹が立ち、悲しかったけれど、そう言ってせいせいするしかできない気持ちもわかるから、どうしようもなかった。「見てないですよ」と返そうかと思ったけれど、見てないですよ、と言われるのもさみしかったから、

「見えてますよ、ぜぇんぶ、透けて」

と、言ってみた。彼女が「うわあ」と眉を思い切り顰めたので「うそです」と付け足して笑った。彼女も笑ってくれた。できるだけすべての会話が笑って終わったらいいな、と思っているのでとてもほっとした。インタビューは可もなく不可もなく終わった。彼女はありがとうございますほんとに、と深々何度もお辞儀をしながらすぐに退出

した。ＬＩＮＥを聞かれなかったな、と思ったのはその日の夜のことで、聞かれたかったかと言われると、聞かれなくてよかった。

コーヒーと結婚

「飲みたくなったらいつでも飲めるように愛する人にコーヒーを淹れる。おれはそういうのが、結婚だと思うんだよねえ」

と、わざと気取ってくねくねしながらミドリは言った。紫色の小さなマグカップに入ったコーヒーを、わたしは笑いながら受け取る。水曜日の朝七時半。ふたりとも身支度を終えていた。

「れいちゃん朝ご飯どうする?」

「まだ時間早いしパン屋さんで食べる?」

「それもいいねえ」

わたしがコーヒーをひとくち飲んで「おいしし」と言うと、ミドリは心底満足そうな顔をするだけで、自分はそれを飲もうとしない。ミドリはたまにこうしてわたしのぶんだけコーヒーを淹れてくれる。わたしはホットのブラックコーヒーをあつあつで飲むのが好きだけれど、ミドリは熱い飲み物が苦手なうえそもそもコーヒーもそんなに得意ではない。わたしは思い立ってマグカップを持って台所へ行き、コーヒーに黒糖シロップを溶かし、大きなガラスのコップに移し替えて、そこにたくさんの氷と牛乳を入れて、赤いストローを挿した。

「自分のために淹れてもらったコーヒーをコーヒー牛乳にしてふたりで飲む。わたしはそういうのが、結婚だと思うんだよねえ」

と、さっきの真似をしてくねくね言いながら渡すと、ミドリは「お」と言って一拍置いてから「ありがとう」と受け取って半分のところまでごくごく飲んだ。わたしは残りをごくごく飲んだ。先日ふたりで訪れたコーヒーショップのアイスラテが、すこしくせのある甘みがあってとてもおいしかった。メープルシロップか黒糖が入っているのではないか、とそのあと分析し合って、それで黒糖シロップを買ってみたのだ。ガムシロップよりもずっと奥行きのある味になる。おいしい。時計を見る。七時三十六分。あと一時間後には。そう思うと胃が横にすわすわと広がるような不思議な緊張があった。わたしたちはこれから、婚姻届を持って市役所へ行く。それから名義変更のさまざまな申請をできるだけきょうのうちに済ませる。きょうはそういう日なのでお互いに仕事を休んでいる。飲み終えたコップをシンクに置いて、改めてそれぞれに家を出る準備をする。わたしは持つべき書類が鞄に入っているか確認し、どうせ外を歩けば乱れるのに、鏡で前髪を何度も微調整する。香水も軽くつける。ハンカチは念のため二つ持って、ウェットティッシュも持つ。何度確認しても準備は万全だ。わたしは洗面所に居るはずのミドリに向かって、

「パン屋さん行くならもう出発しようか？」

と声を掛けた。うー。ミドリの声は思ったよりずっと近くで聞こえる。作業室の扉を開けると目の前の食器棚に凭れるようにしてミドリは上半身を折り曲げていた。数字の「7」のようなかたちだった。「いててー」と照れ臭そうに言う。冷たいコーヒー牛乳でお腹を壊したのだとすぐにわかった。なぜならわたしも、飲んだ直後からお腹がぐぎゅぐぎゅ言っていたから。そうだ、ミドリは冷たい牛乳にも弱いんだった。さっき差し出したときにちょっと躊躇していたのに、きっとせっかく作ってくれたんだからとがんばって飲んでしまったのだろう。完全に余計なことをした。ホットコーヒーのままにしていればこんなことにはならなかったかもしれない。痛そうなミドリの顔を見ていると自

分のお腹もどんどん捩られるように痛むような気がしてくる。ああ。お腹をさすりながら思う。わたしはいつだってホットコーヒーのような愛に氷をたくさん入れてコーヒー牛乳にして飲ませてしまうような人間なのに、結婚なんかしていいんだろうか。

「こんなわたしと結婚して大丈夫なんでしょうか」

と冗談っぽく、けれど本気で言う。ミドリは間髪入れずに「大丈夫に決まっているじゃない！」と言い、笑った顔がお腹の痛さにすぐ歪み、そろりそろりとトイレへ向かって歩いて行った。はあ、ほんとごめん、牛乳を、それもきんきんに冷えた牛乳を、しかもすごい量飲ませてしまって。と謝りながら、わたしもわたしの腹痛に脂汗を出した。お互い二、三回トイレへ行って、何とか外出できる体調になって、そうしたらもう八時だった。ほんとうはその時間にはパン屋で朝ご飯を食べ終えて市役所にもうそろそろ着いているはずだった。


家を出ると快晴だった。本日はお日柄もよく。とこころの中で思った。家を出てすぐにあるコンビニが見えてくるとミドリが「何か買おう」と言う。「おなか空いたまま入籍するのはよくない」。たしかに。と答えて入店する。ジャスミンティー、辛子明太子おにぎり、ツナマヨおにぎり。さっと選んでお会計をしてコンビニを出ると、ミドリがか弱い声で言った。

「もうだめかもしれない」

なにどうしたのと慌ててミドリの差し出すレシートを見ると、お会計が444円だった。死、死、死。不吉すぎて大笑いしてしまった。ぞろ目になること自体が滅多にないのに、よりによって今日、よりによって4。おれたち、結婚するなって言われてるのかな、と冗談交じりにミドリが言う。「市役所に着くまでにもっと不幸が来るかもしれないよ、たのしみだね」と言うと、ミドリは「轢かれないようによく見て歩こう！」とやたら首を左右に振りながら歩いた。

わたしたちはそれ以上の不幸に遭うことなく無事に市役所へ着いた。水曜の市役所は空いている。市民登録課の、婚姻届の受付窓口にはちいさなテディベアがふたつなかよくぴったりくっついて置かれていた。タキシードのテディベアと、ドレスのテディベア。いまこの窓口で結婚できるのは男と女の組み合わせだけなんだ。同性同士で付き合っている友人たちのことを思い、思ったけれど、俯くことしかできない。

婚姻届は本当に書類だった。そこに書かれたわたしの「新しい苗字」はただ淡々と処理された。呼ばれては「お座りになってお待ちください」と言われるけれど、次呼ばれるまでに一体どのくらいの時間が掛かるかわからないからコンビニのおにぎりを食べるタイミングを摑めない。すべての処理を終えて婚姻届受理証明書をもらうまで三十分掛かると言われて、そこでようやくおにぎりを出した。見渡してみると朝の市役所の椅子に腰かけてものを食べている人など一人もおらず、わたしたちはまるで盗んできたかのようにこそこそおにぎりを食べた。海苔がくちびるの裏にぺったりと貼りつくから、舌先で引きはがす。冷たいツナマヨおにぎりの塩気を、咀嚼音がしないように静かに嚙む。隣を見るとミドリもどこか控えめにおにぎりを食べている。黒いソファに並び、静かな市役所で静かにこっそりおにぎりを食べながら（ああ、結婚するんだな）とわたしは妙に納得した。これまでのすべてのデートのレストランで向かい合って座っておいしいねと言い合うとき、あれはたしかに恋だった。しかし結婚というのは「おなか空いたままはよくないね」と言いながら、それぞれに好きなものを買って横並びでおにぎりを食べることなのかもしれない。わたしはすこし興奮して「ふおー」と言った。ミドリは「そうだね」と言う。いま、まさに事務処理中のいま、この三十分間だけ、わたしたちは「結婚中」ということになるのではないだろうか。結婚した、でも、結婚していない、でもない。結婚ing、ナウローディング。頭の中で読み込み中の輪がぐるぐると回る。先ほどわたしたちの書類を受け取った職員が同じところを行ったり来たりして、書類を眺めてはまた奥へ行く。果たしてこれは手続きをする前の忙しさなのか、終えた手続きの確認等をしているのか、こちらから見ているだけではわからない。

「これ、いまこのタイミングで大暴れしたら結婚なしになるのかな、それとも、やっぱり別れますってなったらもう離婚の手続きしないといけないのかな」

「どうだろうねえ」

ジャスミンティーを飲みながら朗らかにしているミドリの横で、わたしはもう既にそんなとんでもないことを言いだしてしまう。さすがに不謹慎だったかな、謝ろうかな、でももう、わたしがそういうようなことを言う人でも結婚しようと思ってくれてるんだよな、などと考え始めたあたりで受付から呼ばれた。

「お手続きは以上です」

と、職員はそれだけ言った。つまり結婚したのだ。苗字が変わっている書類を貰い、あらま、と思った。

「結婚しちゃった」と言うと、

「結婚したね」とミドリは言って、ぐーんと背伸びをした。

名義変更の申請は、できたりできなかったりして思ったよりも早く終わった。いただいたお寿司券があったので、その日の夜はお寿司を食べに行った。小皿にお醬油を入れながら、

「ふたりで暮らしてさあ」

とミドリが言う。うん。顔を見るとミドリは眉を上げて、口角をむん、と吊りあげていた。これからふざけたことを言うときの顔である。そしてわたしはこの冗談がいつも、とても好きだ。

「ふたりで暮らせば、しあわせは半分こ。悲しみは、二倍！」

わたしはけらけら笑って、「二倍！」と繰り返した。わたしたちは、ふたりで暮らすことを〝しあわせが二倍で悲しみは半分こ〟なんてちっとも思っていない。けれど、二倍になった悲しみを、やんなっちゃうねと言い合うことができるなら素晴らしいことだと思ったのだ。わさびがたっぷり入った〝なみだ巻き〟を、とてもつんとするとわかっていて食べたくて頼んだ。ふたりでクウと言いながらつらい顔をして、写真を撮り合い

ながら食べ終えた。

中トロと、帆立と、海老と、赤貝と、イカと、つぶ貝と、かつおと、鰺と、ねぎとろと、鯛を食べてお会計でお寿司券を出すと、

「入口に書いてある通り、当店では使えないんです」

と言われた。ひっくり返るわたしの後ろから、

「じゃあ、またお寿司を食べに来れるね」

とミドリはすぐに言った。夫だ。と、思った。

倒産と失恋

この頃は、とあるフリースペースに居座って仕事をしている。フリーランスとして仕事をするようになって一年、わかったことは「出勤がないとだめ」ということだった。コワーキングスペースをいくつか内覧するも、盛岡の規模ではコワーキングスペース＝若手起業家のコミュニケーションサロンとなっていることがほとんどだが、あいにくわたしにコミュニケーションは必要ないのだった。よい条件だと思っても月々の利用料はアパートを借りられるくらい高く、なかなか「安価でありながら適度に人がいて、しかしその人々が自分に干渉してこない」というわがままを叶えられる場所はない。流れ着いた先が、前職でたまに訪れていたオフィスビルのフリースペースだった。さまざまなテナントの人々が休んだり、面談をしたりするためのそのスペースは、一応市民に広く開放されているが知名度はかなり低い。ここを利用している人の中に、ビル関係者でないと思われる人間は少ない。わたしとしては、そこがまたありがたい。フリースペースに流れている空気はどこか「業務時間中」の緊張感があり、学生たちに占拠されておらず働く人しか利用していない空間は、独特の疲労感があってそれもまたよい。さまざまなかたちのお洒落な椅子と机、適度な音量のジャズピアノのBGM、フリーWi-Fiと電源。満員で利用すれば四十人は座れるであろうそのスペースには、お昼の時間帯以外、四、五人しかいない。

わたしは打ち合わせや収録の仕事がない日は極力夫が出勤するのに合わせて身支度をし、共に家を出てそのフリースペースに向かうようになった。八時半前に到着すると、大抵わたししかいない。こんなにいい環境の作業場を利用しているのがわたしだけ、というのはいつも心苦しく、どこにあるのか、そもそもあるのかどうかもわからない監視カメラを気にして（とっくにあだ名がついているんだろうな）などと考えていた。（あだ名をつけていただいても構わないので、月額いくらか支払わせてもらえたら、もう少し居心地がいいのだけれど）とも思った。あまりにも利用頻度が高いので、この頃はただで利用し続けていることが少しだけ後ろめたい。

その日は早朝に降っていた雨が朝の七時半にはからっと上がって秋晴れだった。雨に濡れた街並みが朝陽に照らされてぴかぴかしている。フリースペースには大きな窓がふたつある。九階に設けられたフリースペースの窓は、いつも朝陽を全面に受け止めて部屋を満たしてくれる。心地の良い日差しを浴びることができて、貸し切り状態なのに永遠に無料なのだ。やはりありがたすぎる。すがすがしい気分でわたしはパソコンを起動した。

「いやあ、それはこまる」

と言いながら、フリースペースにひとりのサラリーマンが入ってきた。わたしは咄嗟に少し腰を浮かせた。立ち上がろうか悩んだのだ。サラリーマンはやたらやつれており、電話をしながら壁を伝って歩いていた。支えがないと歩くことすらままならないようだった。三十代後半と思われるサラリーマンの髪はぐしゃぐしゃで、第二ボタンくらいまでシャツを開き、胸ポケットから長い舌のようにネクタイを垂らしている。なんというか、どう見ても「だめになっているサラリーマン」だった。ふらふらでぼさぼさなのだ。二日酔いだろうか、貧血だろうか。わたしはとにかく彼の体調を心配した。（なにかお手伝いできることはありますでしょうか）と、一応彼の目を見て訴えてみたけれど、スマートフォンを耳に当てている彼はわたしのことをちっとも見ようとしなかった。

「無理だよ、ほんと聞きたくなかった、きのうから食欲湧かないもん」

と彼は電話の向こうに言いながら、へなへなと笑った。本当に参った人にしか出せない笑顔だと思った。言葉尻が甘えているように聞こえてへんな気分がする。彼はずりずり歩きながら、わたしのすぐ隣のソファ席に腰かけた。どうしてこんなに広いスペースなのにわたしの近くを選ぶんだろう。まさかいっぱいいっぱいで、わたしの存在に気が付いていないのだろうか。フリースペースのBGMは九時にならないと流れない。朝陽で満たされた明るいフリースペースにわたしとだめになっているサラリーマンのふたりだけがいて、彼の声だけが響いた。わたしはパソコンの画面を見つめながら、彼の言葉にどうしても耳を傾けてしまう。

「もういい？　仕事だからもう切るよ、やめてよ、俺だって考えなくていいなら考えたくないよ、早く考えなくていいようになりたいよ」

彼の声がより甘えた声になった。彼はソファの背もたれに溶けるようにからだを預けてほとんどもう横たわっている。考えたくない、考えなくていいようになりたい。まさか恋か？　恋なのか？　わたしはどきどきした。猛烈な恋に、このサラリーマンが完全に参っているのだとしたら。わたしはどうしようもなく魅力的な女性に絆《ほだ》されているサラリーマンのことを想像した。そう思うと、何とかそこから逃げ延びようとした別れ話が雪崩れて、逆に笑いながらぐだぐだと話しているときの、だめな恋から抜け出し切れそうにないムードがあるような気もする。

「困るよ……もうどうしようもないよ、あー、待って、切らないで……」

やっぱり！　恋だ！　わたしはパソコンを盾のようにしながら目をまん丸くして興奮した。緊張して、耳がつん、と上に引っ張られるようなかんじがした。これはたぶん、働いている人間の、どうやら本気の、しかも、どうしようもない恋だ。この頃は友人と恋の話をすることもなくなって他人の力強い恋を眺める機会も減っていたから、なおのことわくわくした。サラリーマンは「いや」「うーん」などと繰り返しながら、前髪を何度もぐしゃぐしゃにしては撫でつけた。切らないで、と弱弱しく懇願する彼の声は、朝っぱらとは思えないほど異様にセクシーだった。こんなに聞き耳を立てるのはよくないと思いつつ、聞こうとしなくても聞こえるのだ。わたしはソファに横たわり朝陽に暴かれるようにみるみるくたくたになる彼のことを、地面で濡れた落ち葉のように美しく思い始めていた。名演技の俳優にも醸し出せないような圧倒的な感情が、顔とからだのすべてに表れていた。

「受け入れるしかないじゃん、だって俺にはそれしか選択肢ないじゃん、ほかにあるならこんなに悩んでないよ、ちがう?」

そうか。どうやらその恋にはなにかつらい障壁があるらしい。彼が飲み込むことでしか解決しないらしい。わたしは既に恋人のいる女性に恋をしてしまった彼のことを想像した。謎の立食パーティーで腕を組むふたりと、歯をぎりぎりとさせてそれを見つめるしかない彼のことを。それからしばらく、彼がうんうん、うん、そうか、うん、でも、いや、うん、続けて、と、相手の話を聞く時間が続いた。彼はソファに座りなおすと手のひらで目をすっかり覆って、俯くようにしながらそれを聞いていた。わたしはそわそわして、既にきのう出し終えた原稿データを開いては閉じ、閉じては開いた。それでも落ち着かず、まっさらなワードファイルを開いて〈つよい失恋〉と打った。うーん、と長い溜息を吐いた後で、観念するように彼は言った。

「だって、まさか倒産すると思わないじゃん」

え。思わずからだがびくりと跳ねた。え。いま、なんて。わたしはたいへん困惑しながら、それを表に出さないように、平気な顔で〈つよい失恋、じゃなかった〉と書き足した。彼は堰を切ったようになにやら具体的な話を早口でしはじめた。負債の話だった。副業として軌道に乗り始めていた事業が突然倒産した。倒産する見通しがすっかり立った。道半ばだったプロジェクトの負債がものすごい金額で、俺とお前はどのくらい払う責任があるのか、という内容だった。わたしはあっけにとられた。失恋じゃなかった。倒産と負債だった。人は倒産すると、こんなに失恋のようになるのか。朝からネクタイを外して頭を掻きむしって、こんなにふらふらになって、力なく笑う。失恋ではなく倒産だとわかってもなお、参っている彼はなんともセクシーで魅力的だった。

「失踪だけはすんなよ、たのむから」

と最後に言って、彼は電話を切った。右の口角だけを異常に吊り上げて笑っていた。わたしは完全に見惚れた。かっこよかった。こんなに最悪なことないくらい最悪な状況のはずなのに、くたくたの彼が異様にかっこよかった。サラリーマンはソファから立ち上がって伸びをする。そのときようやくわたしと目が合った。彼は驚きもせず「さいあくだよ」と言った。わたしに言っているようでも、自分に言っているようでもあった。彼はもう自分の置かれている状況が非現実的すぎて、むしろ役者のような気持ちになっているのかもしれない。人がいるとわかって（かわいそうな俺を見てくれよ）と役者スイッチが入ったのがありありとわかった。すると途端に、かっこいいと思って見ていた彼の挙動がすべてコントのように思えた。彼はわたしに見せつけるかのようにゆっくりと時間を掛けてボタンを閉めてネクタイをして、深く息を吐きながら立ち去った。東京03のコントで見たことがあるような気がして、わたしは笑わないように気を付けた。

その後しばらく、フリースペースはまたわたしひとりだけになった。わたしはどうにも集中できなくて、ワードに書いていた言葉をすべて消し、〈倒産と失恋〉とそれだけ書いて保存した。きょうは一旦もう帰ろう。からだを動かしたくなって九階から非常階段で下りると、小学生の防災ポスターがたくさん貼ってあった。「その火が命取り」「ちいさな油断、おおきな後悔」「その火はほんとうに消えていますか」。どれも大恋愛のキャッチコピーのように思えてきて、わたしは階段を急いで駆け下りた。

長野さんは陸を泳ぐ

鎌倉だ。本当に鎌倉に来てしまった。四月下旬、わたしは紺色のキャリーバッグを曳いて、「鎌倉駅」の看板の前でしばし立ち尽くした。その日、鎌倉は暑かった。長袖のシャツにジレを羽織ったわたしは、東北では薄着のほうなのに、ここでは厚着で目立った。ゆるい風が吹くたびにもわりと分厚い空気がわたしを包み込んだ。すこし潮の匂いがする。これから二時間後に、わたしはついに、絵本作家の長野ヒデ子さんに会う。

一月末にとある新聞の書評の依頼を受けた。懐かしい一冊を紹介してほしいとのことだったので、絵本にしようと考えた。真っ赤な鰭にハイヒールを履いた鯛のおかあさん、「せとうちたいこさん」のきゅるりとした瞳を思い浮かべた。長野ヒデ子さんの書いたその本を、わたしは小さなころ大好きだった。好奇心旺盛で、なんでも「やってみタイ！」「いってみタイ！」というたいこさんが、海を飛び出し街に繰り出して、思う存分デパートをたのしみ尽くす『せとうちたいこさん　デパートいきタイ』の書評はするすると書けた。すると、掲載されて間もなく絵本の担当編集からメールが届いた。

「くどうさん、長野ヒデ子さんが、くどうさんにお手紙を出したいとのことです！」

ええっ。わたしはそのメールを何度も読み返した。ご本人が、お手紙を。住所をお伝えするとほんの数日でレターパックが届いた。レターパックの余白には大きく、「たいこさん」がビールを持って、「れいんさん、うれしい！」と言うイラストが添えてあった。「たからもんだ」と小さく呟いて、カッターを使って丁寧に開けた。ぱんぱんのレターパックには、書評への御礼とたいこさんグッズがたくさん入っていた。お手紙には「ながのひでこ」と「くどうれいん」であいうえお作文まで！　レターパックにぎっしり詰まったヒデ子さんの遊び心にわたしは圧倒された。相手は大ベテランの絵本作家。返信には緊張したけれど、とにかくこの感動とうれしさをつるんとすばやく伝えるべきだと思った。わたしとヒデ子さんの年齢は五十歳以上違う。もちろん絵本作家としても圧倒的に大先輩だけれど、ヒデ子さんからはまったく偉そうな感じがせず、驚くほどの気さくさがあった。

文通が始まって「鎌倉にぜひお越しください」と言われるまでに何往復もかからなか

った。「秋ごろになったら行きたいと思います」と返信するよりも先に「四月がおすすめです、よかったらアトリエに泊まってください」と言われた。そのとき既に三月下旬だった。こころの準備が、とか、旅の準備が、とか、そういうことを言っている場合ではない。ヒデ子さんが、四月の鎌倉がよいと言っている。ならば行くしかない。

ヒデ子さんとの待ち合わせまでの二時間、まずは海に行くことにした。ぼーっとした頭で観光するよりも、憧れの人に会う前に海へ行くほうが儀式のようでおもしろいと考えた。汗だくでたどり着いた海は、ふつうの海だった。おまえさんの特別な一日なんて知らねえよ、とでも言うようなふつうの海がうれしかった。遠くにサーファーがいて鎌倉だった。お腹が空いたのでベルグフェルドでにしんのサンドイッチとキャロットケーキを食べて、それからたまたま通りかかった陶器展に立ち寄り、竹花正弘さんの白瓷輪花六寸平鉢という白い花のようなお皿を買って自宅に送った。衝動買いだった。上品で豊かな佇まいの白磁を眺めているうちに、これはもう我が家に置くしかないと思った。店主は送り先が岩手県盛岡市であることがわかると「東北からいらしたんですか」と驚き、「いまはじめての鎌倉に着いたばかりなんです」と言うとさらに驚いて「それで、お皿買っちゃったんですか」と言うのでふたりで笑った。タクシーでヒデ子さんのアトリエまで向かいながら、わたしは緊張すると海へ行き、にしんのサンドイッチを食べ、白磁を買うのか。と、誇らしく思った。

ヒデ子さんは絵本のような人だった。美しい白髪に、おしゃれな赤い眼鏡。紺色の半袖のニットを着て「あらまあ！　れいんさん！」と言われたとき、わたしは、ほ、ほんもの。と腰が抜けそうだった。人柄の良さがぶわっと染み出ているような感じがした。まだちっとも会話をしていないのに、わたしはこの人のように年を重ねたい、と強く思った。さっきまで打ち合わせをしていたという担当編集さんと、ヒデ子さんと、わたしの三人で、ヒデ子さんのおうちでお茶をいただいた。担当編集さんがいてくださってよかった。ヒデ子さんとふたりきりだったら、緊張で何も話せなかったかもしれない。ヒデ子さんは台所と行ったり来たりしながらおいしい中国紅茶を淹れて、おいしい塩昆布とおいしいアップルパイを出してくれた。担当編集さんとわたしが偶然にも同じ大学の同じ学部出身だと判明すると、その偶然をいちばん喜んだのはヒデ子さんだった。「わあっ、すごいすごい！」と手を叩いてヒデ子さんは喜んだ。わたしが宿泊するアトリエを見せていただくと、これがものすごかった。いたるところに著名な作家や画家の作品が置かれている。「これはまど・みちおさんからもらったの」「こっちは佐野洋子さん」「これは長さん、長新太さんね」。書斎には小さい人形や楽器のようなおもちゃが置かれていて、それはヒデ子さんが旅先で買い集めたものだという。「この部屋で井上ひさしさんが「組曲虐殺」の戯曲を書かれたの」。わたし、本当にここに泊まっていいのか。お手洗いに行くたびにほっぺをつねった。

そのまま三人で外へ行き夕飯を共にした。たいへんおいしいお刺身で、しらうおが発光していた。ヒデ子さんはつぎつぎと、そうそう、そいでね、といろんな思い出話を聞かせてくれた。ラジオだったら伝説のエピソードトークになるようなおもしろい失敗談の数々。ヒデ子さんののんびりとした優しい話し方もあって、腹を抱えて笑ってしまった。東京までの終電に間に合うように担当編集さんが帰られると、もう二十二時を回っていた。八十代のヒデ子さん、こんな遅くまで外食していられるなんてお元気だなあと思っていたら「ふたりでバーに行きましょうか」とおっしゃるのでたまげた。

素敵なバーでわたしはモスコミュール、ヒデ子さんはアイスココアを飲んだ。わたしにはどうしても、ヒデ子さんに会ったら聞きたいと思っていることがあった。わたしはその頃、長らく絵本の原稿に編集さんからのＯＫが出ず、赤字を貰っても、どうしてそれが直されるのか腑に落ちていないようなところがあった。直せば直すほど自分から物語が離れていく。もう半年近くうまくいっていなかったのを、ヒデ子さんに聞けばなにかヒントを貰えるのではないかと思った。

「わたし、最近絵本を書いても書いても直されてしまって、ここをもう少し、って言われることがあっても納得できなくて上手く直せないんです。ヒデ子さんは絵本を直すように言われたとき、どういう気持ちで直しますか？」

と押し出すように何とか話し終えると、カップを持ったヒデ子さんは、「なおす？」とこころからはてなマークを浮かべたような顔をした。わたしは、そうか、と震えた。ヒデ子さんはそもそも、あんまり絵本を直されないのだ。

「なおさなくったっていいじゃない、気に入っているなら」

わたしはぐあー、とテーブルにおでこをついた。確かに、と思うと同時に、本当にいい本なら腑に落ちないような直しは来ないはずで、やはりわたしはそもそもいい絵本を書けていないのだとわかって項垂れた。わたしにはもう、ヒデ子さんの絵本がどうして直されないのか、たった数時間一緒にいるだけですっかりわかったような気がした。ヒデ子さんは、その人生が絵本のような人なのだ。うれしいことには手を叩いて、ばんざいをして、まったくもうと言うときは口を思いっきりとがらせて、自分の失敗をてへへと笑う。写真を撮るときは「はい、ひらひら〜！」と両手をぱたぱた振って、たいこさんが鰭をなびかせるようなポーズをしてみんなを笑わせる。本当に鰭に靴を履いて陸を自由にはしゃぎまわっているような人だった。ヒデ子さんの周りにはどんどん人が集まってきて、ヒデ子さんがいないところでも、あの人がね、とたのしくヒデ子さんの話をしたくなるのがわかる。アドバイスを貰って絵本がうまくなろうだなんて甘い。いい人生の人が、いいニンの人が、いい絵本を書くのだ、きっと。完敗だった。ぽきっと折れた。しかし、その折れた音はたいへんすがすがしく、きもちよかった。二十三時半、アトリエの前で解散しようとすると「明日、ラジオ体操行くなら六時十分くらいに集合ね」とヒデ子さんは言った。わたしはヒデ子さんの元気さにひっくり返ることにもう慣れて「はい、絶対行きます！」と言った。

翌朝、裏のちいさな山にある源氏山公園でラジオ体操をするためにヒデ子さんと歩いた。足の骨折が治ったばかりのはずなのに、ヒデ子さんはずんずん登った。前を歩くヒデ子さんの肩に何かついていて、それはきこきこと這うしゃくとりむしだった。また絵本みたいだ、この人は。「ヒデ子さん、肩にしゃくとりむしのっかってる」と摘まみ取ると「やだもう、さっき朝ごはん用に庭で蕗をとったから」とヒデ子さんは照れた。鎌倉は東北よりずっと季節が先に進んでいて、わたしは花や木の実を指差してはしゃいだ。ヒデ子さんといると、不思議となんでもうれしくなる。「わあ、もう梅の実が落ちてる」とわたしが小さな青梅を拾うと「あなたなんでも拾うのね」とヒデ子さんは笑った。「あなたなんでも拾うのね」。その言葉が妙にうれしくて、わたしのこころを何度でも照らしてくれる。

へそを出して来た

樋口がへそを出して来た。

緑色の短いシャツからは、へそから上下三センチほどがすっかり見えている。（へそだ）とわたしは思った。樋口がへそを出しているのを見るのははじめてのことだった。人違いかと思ったが、その顔はどう見ても樋口だった。わたしは樋口の背後から近づき「うっす」と言った。樋口に会うとき、わたしはいつもその最初の言葉を見失ってしまう。「やっほー」でも「ひさしぶりー」でも「おつかれー」でもない。昔からそうだ。樋口の前で、わたしは取り繕うことができないくせに妙にかっこつけた動きをしてしまう。わたしが「うっす」と言うと、樋口は「おー」と言った。

樋口とわたしは同じ高校の同じ文芸部だった。クラスも二年まで一緒だったので、わたしの高校時代の思い出の大部分に樋口がいる。たぶん、こういうのを親友と呼んでもいいのだと思う。けれどわたしにとって樋口は「常にいる」存在でありすぎて、いままでもわたしは樋口のことを親友と呼ぶのが難しい。親友ではなくて、樋口は樋口なのだ。わたしの交友関係の引き出しの中にたったひとつ「樋口」という樋口しか入らないところがあってたまに開く。そういう存在だった。大学進学で住む土地が離れてからも、なぜか樋口に対しては「常にいる」という感覚を持ち続けており、それゆえわざわざ連絡を密に取り合うことはなかった。しかし、実際はもう学校が違うのだ。半年か一年おきに会っては、それなりにお互いを取り巻く状況が変わっていることに慄き、しかしもうその前がどんなだったかちゃんと覚えているわけでもなく、まあいいかとなって高校時代の話ばかりして解散する。そういうことが繰り返されながらもう十年も経ってしまった。たしかあれは就職活動で完全に気が滅入っていた頃、唐突に樋口から「オールナイトニッポンのパーソナリティオーディションに一緒に応募しないか」という連絡があったのだが、「なんでだよ」と笑って返して終わったことがあって、わたしは実はそのことを結構後悔している。受かるか受からないかはどうでもよいのだ。樋口とラジオをするという、二回目の青春のようなことをしてみるべきだった。わたしと樋口は特に趣味に共通点があるわけではない。性格や見た目や人生の考え方も、特に似ていない。ただ、会話をしていると妙に心地よかった。わたしたちは会えばひたすら喋っている。

樋口が法事のために日帰りで盛岡に来るというので、前後の予定をこじ開けるようにして会うことにした。前回会ったのは正月だから、半年以上会っていなかったということになる。わたしはすこしだけ緊張しながら樋口の姿を探すとすぐに見つかった。樋口はいつもレトロやクラシックっぽい、色のすこし派手なものや襟のかたちがおもしろい服を着るのだが、今回はかなりカジュアルだった。緑色のへそ出しの短いシャツに、ざっくりとした淡い色のジーパン、首からストラップをつけたiPhoneを提げていた。（いつもと雰囲気がちがう）とわたしはすぐに思った。髪型が変わった？　化粧が変わった？　どこの変化かずばりと言い当てることはできなかったけれど、たしかに樋口は目に見えて垢ぬけていた。

「あれだね、盛岡にはあんまりへそ出してる人いないもんだね」

と合流して歩き出すと樋口は言った。へそに対して言及するタイミングを逸していたのでちょっと助かったと思った。わたしの住んでいる盛岡をへそ出しする女の子のいない街と言われるのは絶妙に悔しくて「いや、ここに来るまでに四人はいたよ」とわたしは言った。「うっそお、ずっとへそ出してる人いないか探してたけどひとりも見つけらんなかったけどな」と樋口は悔しそうにする。わたしはたしかに樋口と会うまでにへその出しの女の子を見かけたけれど、四人ではなくひとりだった。かなり盛った。「わたしのお母さん、へそのかたちがめっちゃきれいでさ」と樋口が当たり前のように言い出してすかさず「わたしが樋口母のへそのかたちを知ってる前提で話すなよ」と言ったが、言いながら、高校時代にそういう話をされていたことを思い出した。樋口の母はへそのかたちがきれいだとわたしは知っていた。「いや、知ってた、その話前も聞いてた、樋口のお母さんはへそのかたちがきれい」「ほらあ」樋口はやたら得意げな顔、むかつく、得意なのだ樋口は得意げな顔が。

樋口の帰りの新幹線の時間まで軽くご飯でも食べようと言っていたのに、樋口は昼に食べた盛岡冷麺で腹がぱんぱんだから飲み物でいいやと言い出した。昔から、樋口はすぐに腹がいっぱいになったと言い出すか、腹がいっぱいになっている状態でわたしと合流する。わたしは結構お腹が空いていたので、早い時間から開いている居酒屋に入ることにした。九月中旬でも信じられないほど暑い。木伏緑地《きっぷしりょくち》の居酒屋のとにかくいちばん涼しそうなところに入店したのに、入ってみると換気扇しか回っておらず蒸していた。焼売とハムカツを頼んで、わたしはバイスサワー、樋口はレモンサワーを頼んだ。

焼売とハムカツに樋口は本当にひとつも手をつけなかったので、わたしが全部食べた。酔い出したわたしがインカメラでふたりの写真を撮ろうとすると「げ、無加工じゃん」と樋口は言った。構わず無加工のまま三枚ほど写真を撮ると、無加工で顔がでかいのは完全にわたしのほうだった。痩せなきゃな、と酔っていても鮮烈に思った。あまりに暑いのですぐに店を変えた。

二軒目の居酒屋ではとても狭い秘密基地のような小部屋に通された。二畳ほどの空間のためだけにエアコンが設置されていて、樋口は「ありがてー」と言いながらリモコンのボタンを押した。ご注文の際は押してください、と指さされた先には「お」の口にくちばしを開いた黄色い鶏のゴム人形が括りつけられていた。わたしたちが高校生のときにちょっとだけ流行ってヴィレッジヴァンガードでぎょっとするほどたくさん売られていたあの鳥だ。樋口はよろこんで思いっきり押した。「うおほおおおおおう」と、鳥はけたたましく啼いた。くだらなかったが、悔しくもおもしろかった。

三杯飲んだ。見れば見るほど樋口はわたしが知っている樋口の中で今日がいちばんかわいいような気がした。「痩せた?」と聞くと、体重はそんな変わってないけどねと樋口はうれしそうにした。樋口は一年以上、筋トレやヨガをがんばっているらしい。わたしがフォトウエディングのために厳しい食事制限をして痩せてすぐにリバウンドした話をすると、樋口は「結局運動して痩せないとだめだよ」とやれやれ言って、「ほんとはもっとスッとしてんだけど、冷麺食べちゃったから」と腹をへこませてへそを見せてくれた。きれいなへそだった。きっと母譲りだ。樋口はずっと、部室でお菓子を広げながら、わたしがクラスのかわいい女子たちをいかに憎く思っているかという話を聞き続けてくれていた。くせっ毛の樋口と、前髪をアシンメトリーにして耳上を刈り上げていたわたし。文芸部室のベランダから見える野球部にも、聞こえてくる吹奏楽部のロングトーンにも全然興味がなかったわたしたち。それが、二十代後半にして樋口がみるみる綺麗になっていることを知るのは相当焦った。くせっ毛だった髪の毛はうそみたいにしなやかで、ただでさえ小さい顔がもっとしゅっとして、お腹にはとてもヘルシーな腹筋があった。わたしは置いてきぼりにされたような気がして、ほんの一瞬むっとした。樋口だけはわたしと一緒に部室でお菓子を食べながら悪口を聞き続けてくれると思っていたのに、と。

わたしは会社を辞めてからのこの一年のことをたくさん話した。一通り聞き終わると、樋口は「仕事減らしなよ」と珍しくわたしを心配した。芥川賞を受賞できなかったときのわたしの弱音ですら、樋口は「へー」としか言わなかったのに（というか、わたしが芥川賞候補になっていたことすら知らなかったのだけれど）。

「疲れたときには、やっぱミラギフだよ」

そう言って樋口はサンリオピューロランドの「ミラクルギフトパレード」というパレードをひとりでやり始めた。ピューロランドに通っていたことのある樋口と、一度だけ行ったピューロランドのそのパレードのストーリーに号泣したわたし。ミラクルギフトパレードは趣味嗜好のまったくちがうわたしたちの唯一と言ってもよい共通の好きなものだった。キティもダニエルもシナモンもけろけろけろっぴも闇の女王もぜんぶ樋口。声色を変えて、激しい身振り手振りで進むパレードに、わたしは腹を抱えて笑った。動画を何個も撮った。こうして高校生のときは携帯のデータフォルダが樋口でいっぱいになったことを思い出した。樋口は「撮ってんの？　動画？　うろおぼえだよ？」と言いながらもずんずん続けてフィナーレの歌まで歌いだす始末で、わたしはこころからこの妙に狭い個室に通されてよかったと思った。

新幹線のりばまで見送ると、樋口はわたしの肩を叩いて言った。

「まあ、無理しないで。性格悪くなるよ」

わたしは硬直した。性格が悪いわたしのことを知っている樋口が、わたしが忙しさでさらに性格を悪くすることを案じている。この頃いつも以上に怒りっぽくなっている自分に落ち込んでいたから、まして響いた。「樋口のミラギフでも見てげんきだしなよ」と樋口はまたさっきのパレードを、身振り手振りも声量もそのままにやりはじめたので、わたしは人目が気になって「はい、わかった、わかりました、どうぞお帰りください」と改札を指して、顔を見合わせて笑った。(運動するか)と帰りながら思った。へそを出したいわけではないのだけれど、性格が悪くなるのはごめんだった。

ヤドリギ

去年、たまたま通りかかった仙台駅前の花屋でわたしは立ち止まった。いままで見たことのない植物だった。切り花がたくさん並ぶ中、その植物はたった一本だけ、枝のまま立てかけられるようにそこにあった。大きな木から切り落としたような立派な枝にもっさりとアフロのようにまんまるく枝が広がっていて、舟のようなかたちの黄みがかった葉が枝に対して左右均等にたくさんついている。そして、その葉の付け根には黄色い小さな実が零れるほどについていて、窓から射すひかりを吸い取るように透けてうつくしい。(なに、この木)。わたしはよく花屋に行くほうで、季節の花や葉の名前は一通りわかっていると思っていたが、この植物だけはちっとも見たことがなかった。太い枝の荒々しさと、そこから膨らむように広がる枝の繊細さ、とてもシンプルな葉のかたちと、あまりにもうつくしい黄色い実。ほしい、と、すぐに思った。地面に置いたバケツに立てかけられたその植物はわたしの腰丈よりも大きく、仙台からこれを新幹線で持ち帰るのは現実的ではない。わかっていても、その葉の、実のうつくしさに、わたしは圧倒された。クリスマス一週間前の花屋にはクリスマスローズやポインセチアがたくさん並んでいた。出来合いのブーケもいつもよりたくさん売られていて、お正月用と思われる南天まである。年末年始のそわそわしながらもすこし贅沢な空気を花屋は存分に醸し出していた。そのなかで、その植物だけがとても静かに、上品にそこにあった。ふたりいる店員はひっきりなしに動いて忙しそうで、持ち帰ることのできない植物のために声を掛けるのは憚られた。直径一センチほどの黄色い実は球状にみっしりと広がる枝先にまんべんなくついていて、わたしはしばらくその実を数えるように見つめた。しかしやはり、こんなに大きくて重そうなものは持って帰ることができないだろう。目に焼き付けるようにしばらくその植物を見つめて、店を離れようとしたその時だった。

「きれいですよね」

と声がして、振り返るとショートヘアの女性店員が笑顔だった。

「ここ数年はなかなか入荷しなくて、久しぶりに入ったんです」

店員はわたしがずっと見つめていたその植物の葉を指先でいとおしそうに撫でた。

「あの、これはなんという植物ですか」

と訊ねると、「ああ」と店員はしゃがみ込み「隠れちゃってました」とバケツの向きを変えた。値札には〈ヤドリギ　16,000円〉と書かれていた。

「ヤドリギ」とわたしは言った。

「とっても特別な木なんです、幸運の木らしいですよ」

（幸運とかそういうのはどうでもいいんだけどな）とすぐに思ってしまって、ああ、と苦笑いをすると、金額に気まずくなっていると思われたらしく「どうしてもまるごとの販売なので、値段も木もおっきいんです」と店員はすっきりと笑った。

「ちなみに、お求めやすいご家庭用だとこちらもあります」と店員が案内してくれたのはブーケ売り場で、〈クリスマスブーケ〉と書かれた小さな花束には、もみの木の枝と濃い赤のガーベラと一緒にヤドリギも入っていた。たしかにさっき見たヤドリギの枝と実が入っていたけれど、ほんのすこしだけ切り取ったヤドリギはなんだか貧相で、さっきまるごと見たときの迫力やうつくしさはちっとも感じられなかった。

「実がぽろっと落ちやすいので気を付けて持って帰らないといけないですけど」

と店員は言い、そのあとすぐに他のお客さんに呼び止められて行ってしまった。わたしはそのブーケをじっと見つめたが、やはりほしいのはこれではないと思ってしまい、せっかく話しかけてもらったのに申し訳ないと思いながら花屋を後にした。

　夕飯の買い物をしながらも、盛岡へ帰るための新幹線を待ちながらも、わたしはずっとさっき見たヤドリギのうつくしさのことを考えていた。あんなにこころがときめいたのは本当に久しぶりのことだった。見つめているだけでこんなにしあわせなきもちになる植物がいままでほかにあっただろうか。やはり、買ったほうがよかったのだろうか。はやぶさの座席について発車するまでの間も、いまこの新幹線を降りれば間に合うかもしれない、と思っている自分がいた。けれど降りなかった。新幹線は加速し、仙台駅からみるみる遠ざかる。盛岡よりもずっと建物の多い仙台の街を眺めながら、次出会ったらかならず買おう、と心に誓い、わたしはスマートフォンで「ヤドリギ」と検索した。そこに表示された写真を見てわたしは驚いた。ヤドリギって、これだったのか。

　わたしはヤドリギをずっと昔から見たことがあった。冬の枯れ木に巣のようにもこもことくっついている半寄生植物。名前こそ知らなかったけれど、毎年見ていた。農道を走る車の中から、真っ白な冬の田んぼの奥の冬木立に。スキー場のリフトで、上から見下ろす木々に。夏場は木の葉が生い茂っているから見つけにくいけれど、冬になって裸になった木の枝に、まんまるい緑色のボールがいくつも実るようにくっついている。あれこそがヤドリギだった。いつも見上げるほど高い木の枝にあるものだから自分の目の前でまじまじと見たことは一度もなかったけれど、冬の景色の一つとして親しみのあるものだったので、あれがこんなにきれいな木だったとは知らずとても驚いた。

昔、祖母の家に住んでいた頃、学校終わりに祖母と散歩をすることがあった。田んぼと田んぼの間をまっすぐに歩き、かくん、と折れ曲がって小さな商店へ行き、そこで店主と話し込む祖母を、ガブリチュウを食べながら待つ、というのがお決まりだった。商店までの二十分ほどの道でわたしは祖母と何を話していたのか全く覚えていなかったのに、ヤドリギを見たらひとつだけ思い出した。

まだ雪の降る前の、しかし寒い日だったと思う。その日は弟も散歩に一緒だったので、祖母はいつもと違うコースを歩いた。植物や虫に興味津々の弟のためにわざわざちいさな森林を抜けて遠回りをしたのだ。その森林にはブナの木がたくさん植わっていて、足元にはどんぐりがたくさん落ちていた。弟は夢中でそれを拾った。

「きれいなのだけにせ」

と祖母はすこしいやそうな顔をした。土に落ちたどんぐりには虫食いも多いのだ。しゃがむ弟が満足するのを待ちながら、わたしは空を見上げた。葉がほとんど落ちたブナの木の枝が風に揺れて、しゃわしゃわと鳴っていた。そこに、ヤドリギがたくさん見えた。視界に入るだけで十個ほどもこもこしていた。

「すごい、おばあちゃん見て、巣がいっぱい！」

それを鳥の巣だと思ったわたしは興奮して言った。

「だりゃ、巣でねえ。ありゃ、どろぼうの木だ」

と祖母は顔をしかめて言った。そうだ、あのとき祖母はたしかに「どろぼうの木」と言っていたのだ。

ヤドリギはそれ単体では生きることができず、他の木に寄生する形で育つ。しかし、ヤドリギは自分の葉で光合成をするため、「半寄生植物」と呼ばれているらしい。寄生された木が枯れたりすることはないようだが、祖母はおそらくその「寄生して育っている」ということをよく思っていなかったのだと思う。どろぼうの木と祖母がそう思って言ったのか、祖母もだれかにこれはどろぼうの木だと教わったから言ったのか、亡くなったいまはもう知ることができない。寄生のことを知らなかったわたしは、とにかくあの巣のようなものはあまりいいものではないらしい、と理解し、それからは見かけることがあっても黙っていた。どろぼうの木と言われてからしばらくは、もこもこして愛らしいと思っていたその見た目が、枝に絡まってしまったごみのように見えた。

どろぼうの木は、ヤドリギで、幸運の木だった。その事実にわたしはとても落ち込んだ。住んでいる街よりもずっと都会の花屋で見かけたうつくしい実をつける木が、あの日指差したどろぼうの木であったという事実をどう思えばいいのかわからなかった。わたしはもう会うことのできない祖母に「あれはヤドリギと言って、黄色く透けるとてもきれいな実をつけるんだよ」と教えてあげたいのか、ヤドリギを幸運の木として売っている店員に「それは林の中でよく見る半寄生植物です」と言いつけたいのか、わからなかった。花屋のすくないこの街で、ガーベラやバラのような単純な花以外を売っているところはもっとすくない。もしかしたらここに住む人たちはみな、あの木のもこもこが「ヤドリギ」という名前で、その実がうつくしいことを知らないまま暮らし続けるかもしれない。そして、都会の人たちはヤドリギが木に実るようにしてもこもこと生えていることを知らずに、木に寄生してあんなに高い場所で育つのだということを知らずに、幸運の木として枝に分けられたものを買うのかもしれない。（田舎め）と（都会め）がいっぺんに来てへんな顔になってしまった。田舎でもヤドリギのうつくしさを知っている人はいて、都会でも半寄生植物だと知っている人はいる。そうやってすぐに田舎と都会の構図にしてものを考えて憤ろうとしている自分がいやになる。都会のことを考えようとするとき、わたしはいつも憤っているのではなく、憤ろうとしている。そもそも、人間だって他者を頼らなければ生きていけないのに、半寄生植物の生き方をどろぼうだなんて簡単に言えない。でも。しかし。けれど。わたしにはどうしても、これが「どろぼうの木」である人生と「幸運のヤドリギ」である人生があるように思えてならない。

　次に花屋でヤドリギを見つけたとき、わたしはそれを買うのだろうか。買うわたしのことがきらいだし、買わないわたしのこともきらいだ。選ぶと決めることは同時にもう一方を選ばないと決めることになるようで、わたしは、ひかるヤドリギの実をまだ数え続けている。

かわいそうに

浅くなる呼吸、ゆっくりと右回りになる視界、勝手に口から零れる「うー」という声。一月七日、夜二十一時半。わたしは二十九年の人生の中でいちばんの泥酔をした。岩瀬が「盛岡にいるので会えませんか」と連絡をくれた。よろこんで、とわたしは丸一日の予定をあけて待ち構えた。岩瀬は仙台でわたしと同じ学生短歌会にいた三つ下の後輩で、地元がおなじ盛岡なのだ。随分仙台で一緒に遊んだし、わたしが盛岡に戻ってきて岩瀬が東京で働くようになってからも、隙さえあれば会っていた。近頃は東京でわたしがサイン会をするときに足を運んでくれていて、わたしはそれがうれしくてくやしかった。仕事でものを書いているわたしのことも、そうなる前の、好きというきもちだけで書いていた頃のわたしのことも知っていて、応援してくれる貴重な存在だった。会えるとなれば無理にスケジュールをあけてしまうわたしのことを気遣って、岩瀬はいつも、サイン会に突然来た。来るたびにぱあっと紙吹雪が舞うようにうれしくて、それと同時に岩瀬のための時間を作れない自分をとても情けなく思った。

だから、久々にしっかりと時間をかけて岩瀬に会えることがうれしくてたまらなかった。全部茶色のニットだけれど、どの茶色のニットがいいだろうと思って三回着替えた。いつもよりもちょっと強いラメのアイシャドウを塗った。岩瀬と会うなら、目がきらきらしているに越したことはないと思ったのだ。いわて銀河鉄道の改札の横にあるニューデイズの前で、わたしたちは待ち合わせた。わたしは開口一番「よう」と言ってしまったが、本当は「あえてうれしいよう」とがっしりと抱きしめたかった。

わたしたちは白龍でじゃじゃ麺を食べながら生ビールを飲んだ。そのあとクラフトビールのお店で「痛風アヒージョ」なるたらの白子とあんきもと牡蠣のアヒージョを頼むと、店員さんが「痛風お願いしまーす」と厨房に向かって言うものだからふたりで吹き出した。「女性の痛風は〇・五％だから、だいじょぶ」と店員さんがわたしたちに笑う。わたしは小さな声で「二百人にひとり」と言った。その数値が本当かどうかわからないけれど、わたしも岩瀬も、そのひとりにあたりそうな女であるような気がした。

「痛風ってどんななんだっけ」とグラスを撫でながら言うと、

「ウニみたいな結晶が出来て足がめーっちゃ痛くなるやつですよ、風が吹いても痛いから痛風」と岩瀬が痛そうな顔をしながら言う。

「足か。わたし、なんでか腰が痛くなるんだと思ってた」と、言うと、

「ウニですよ、強いウニ」と岩瀬は今度は強そうな顔をした。ウニってもうすでに強そうだと思っていたから、強いウニのことをあまり考えたことがなかった。まんべんなく針が長いウニよりも長い針がまばらについているウニのほうが強そうかもしれないな、と思っていたあたりで次のビールが来た。わたしたちは痛風アヒージョをつまみにビールを三杯飲んだ。わたしの選んだビールのラベルには辰と波乗りをするおばけがいて、岩瀬の選んだビールのラベルには、かわいい鬼と三匹の蛇がいた。普段なら、この時点でビールを四杯、それもわたしの酔いが回りやすいクラフトビールを三杯飲んでいるのだから、ちょっともう飲むのはやめようかな、とするべき頃合いだった。しかし、まったく酔っている感じがしなかった。頭もしゃっきりとして、顔もいつもより赤くないような気がした。わたしたちは短歌の話と人生の話をしていた。しかし、その内容はほとんど学生の時に話していたのと変わらない。わたしたちはいつだって、話したってどうしようもないことを話している。けれど年を重ねていくごとに、話したってどうしよう

もないことを話せる相手はどんどん減っていく。話したってどうしようもない話は、どうしようもなさすぎて何時間でもできる。

岩瀬が次は日本酒がいいというので、大賛成して櫻山のお店に移って、常連さんが持ってきてくれたらしい明治のカール（いま東北ではもう販売されていないのでとても貴重なのだ）をつまみに、日本酒を二杯と、にごり酒を一杯飲んだ。カウンターに立っていた女性店員は「撮りますか？」と注いだコップの隣に日本酒の瓶を置いてくれて、その隣にきれいなジャイアンのソフビ人形を置いてくれた。岩瀬は「きれいなジャイアンじゃないですかあ！」と大よろこびした。岩瀬があまりによろこぶものだから、店員さんは帰り際「金のジャイアンもいます」と、まったく同じ型の金ぴかのジャイアンのソフビ人形も並べてくれた。岩瀬が「次来るときはジャイアン買って持ってきますね」と言うと「どんどん増やしましょう」と店員さんも真顔で答えたのでおかしかった。

もう一軒、とバーへ連れて行った。すっかり顔見知りになったマスターはわたしの顔を一目見て「飲んできたんだね」と言うので「だいすきな後輩なので連れてきました」と答えた。モスコミュールを飲み、サイドカーを頼むと「サイドカーなんですね」と岩瀬は言った。あまり頼まないのにかっこつけて頼んだのがばれただろうか、とわたしはひやひやした。二杯目にサイドカーを頼むのはいつもわたしではなくもっと飲みなれたお兄さんたちで、わたしは岩瀬の前でそのかっこいいやつをやってみたくなったのだ。サイドカーをふたくち飲んだあたりで、突然視界が回り始めた。

マスターが常連さんから苺を貰ったから苺のマルガリータを作ってあげる、と言って二人分作ってくれている最中だった。ミキサーのがりがりした音が頭の中に乱反射するようによく響いた。（あ、これだめかも）とすぐに思った。眼鏡を外し、わたしは突っ伏した。対面に座っていた岩瀬がすぐに隣の椅子に来て、わたしの背中を撫でた。

「れいんさん、どうしました、大丈夫ですか」

（大丈夫大丈夫、ちょっと、思ったより酔ったみたいでいきなりまわっちゃった）

「酔っちゃいましたか、お水飲めますか」

（お水飲んだほうがいいのはわかってるんだけどからだ起こすのちょっときつい）

「げーしたくなったらすぐ言ってくださいね」

（それは大丈夫、なんかそういう感じの酔いじゃないっぽい）

頭の中ではきちんと岩瀬に返事をしているのに、わたしの口からは「うー」しか出てこない。どれだけ酔っぱらっても、具合が悪くなるとすぐに吐いたり、飲みすぎる前に頭が痛くなったり眠くなったりしていたから、いままでにこんな酔い方をしたことがなかった。気が付いたらものすごくたくさん飲んでいて、ぱちん、と指が鳴ってぐったりするような酔い。岩瀬はずっとわたしの背中をさすってくれた。その背中にかける手の圧と、あたたかさと速度は本当に完璧だった。介抱し慣れている人間の所作だと思った。わたしは、わたしの知らないところで岩瀬自身が泥酔していたり、泥酔した人を介抱したりしてきた時間のことを思ってすこしくやしくなった。結局わたしは岩瀬が泥酔したところをこれまでに一度も見たことがない。

「れいんさん、甘いですよ」と岩瀬は背中を完璧にさすりながら言った。

「わたしをつぶそうだなんて、わたしを甘く見ましたねえ」うれしそうな声だった。

(つぶそうだなんて思ってなかったんだよ、一緒のペースで飲んでいたらいつの間にか)という言い訳がすべて「うー」と声になる。

「わたしの酔っぱらってるとこ見たくてがんばっていっぱい飲んで、先につぶれちゃったねえ」

どうしてわかるんだ、と思いながら、わたしはぜえぜえと息を吐く。けれど、岩瀬に見透かされることが、わたしはこんなにもうれしい。

「かわいそうにねえ、れいんさん、かわいそう」

と、岩瀬はわたしの背中を撫でた。

その瞬間、泥酔の頭の中で鮮烈に思い出した。わたしは五年以上前、とある人に激怒されたことがあった。随分年上のその人は人生でいちばんと言えるほどさまざまな不運と不幸に見舞われていて、完全に気を塞いでいた。同じころ、わたしも失恋したり就職活動が上手くいかなかったりして、塞いでいた。文通をしていて「かわいそうなわたしたちだけど、かならず見返してやりましょう」という意味合いのことを書いたのだと記憶している。その「かわいそう」という言葉が火種になった。完全に、わたしの「かわいそう」の用法が間違っていたのだと今は思う。わたしの不幸はすべて自分の愚かさによって生じたものだったけれど、彼女の不幸はまったく彼女のせいではなかったのだ。愚かな不幸と理不尽な不幸を同じ「かわいそう」で結んだことに、彼女は激怒した。「私はかわいそうではない」と、返事には書かれていた。その通りだと思った。自分に対してあまりにもうっとりとしていた時期だったから、相手のきもちへの想像が全く及んでいなかった。どんな謝罪も謝罪にならない、と思って、返事を出せずそのまま疎遠になった。それ以来「かわいそう」という言葉はわたしの中で完全に使用禁止のものになっていた。

しかしわたしは「うー」と言いながら、堪らなくうれしかった。わたしはずっとだれかに「かわいそうに」と言われたかったのかもしれない。本当にわがままだけれど、あの日彼女に出した手紙も、彼女をかわいそうと言いたかったのではなく、わたしをかわいそうだと言ってほしかったのかもしれなかった。そういう、自分の不幸だけを常に憐れんでほしいわたしの幼稚さに、きっと彼女は激怒したのだ。

「つらいねえ、れいんさん、かわいそうに」

「うー」

うれしいよ。かわいそう、と言えて、そう言われてうれしいという関係が成立することにわたしは感動していた。そして、自分がいちばん不幸でありたいと思う甘えた自分が、いまでもちゃんとわたしの真ん中に突っ伏していることも分かった。どうしようもないな、と思った。岩瀬はかわいそうなわたしの背中をあたたかく撫で続けながら、わたしの残したサイドカーと苺のマルガリータを二杯、くいくいと飲み干した。

ミルク

犬は大嫌いだった。きゃんきゃんうるさいし、嚙むから。

幼稚園に通っていた頃。家の近くの公園で、マダムっぽいおばあさんが、おなじくらいマダムっぽいオーラを醸し出しているマルチーズを散歩させていた。マルチーズはちょんまげのように前髪にあたる毛を真上に結わえられていて、そのちょんまげにはリボンが付いていた。おばあさんは乳母車のようなカートを押しながら歩いていて、マルチーズはそこに乗ってじっとしていた。マルチーズの散歩というよりおばあさんの散歩だった。かわいい、と近寄って撫でようとしたわたしの手を、そのマルチーズは嚙んだ。がっちりと咥えるようにして、牙を食い込ませるように親指を嚙んだ。いたい！　びっくりして手を引こうとすると、マルチーズは首を傾げるように顔に角度をつけて、捻じ切るようにしはじめた。（こいつ）と、幼心に想った。かわいい顔して、ひねりを加えてくるだなんて、ちゃんと獣じゃねえか。身の危険を感じたわたしは、どうしようもなくて、嚙まれていないほうの手でマルチーズの顔を叩いた。きゃう、と声がして親指が解放されるのと共に、飛んできたのはマダムっぽいおばあさんの怒鳴り声だった。なにすんの！　的なことを叫ばれたのだと思う。あまりのショックでほとんど覚えていない。とにかく、おばあさんが真っ先にかばったのはわたしではなくマルチーズだった。ごめんなさい、とか、大丈夫だった？　と言われると思っていたわたしはとても驚いた。なにすんのあんた！　おばあさんはものすごい形相だった。わたしが悪かったんだ、とすぐに思った。わたしが触ろうとして、嚙まれて顔を叩いたから。おばあさんはわたしに向かってまだ大声で何か言っている。このままでは今度はおばあさんに頭から嚙みつかれそうな勢いだったので、こわくなって走って逃げた。家に向かって走りながらじんじんと親指が痛いのがわかって、痛いのがわかると、おばあさんが怒鳴ってきたことにとても傷ついているのがわかって、わたしが悪かったかもしれないけど、犬だって悪かったじゃないか、と悔しくて堪らなくて、滲みだすように泣いた。

それからというもの、犬は嫌いだった。犬の姿を見るたびに、犬の鳴き声が聞こえてくるたびに、わたしの親指にひねりを加えてきたマルチーズの顔がよぎった。嚙みついてきそうにない、一見かわいい小さな犬ほどだめだった。そして、犬以上に、犬をとても愛していそうな人のことがだめだった。（ほら、かわいい犬でしょう）と思っていそうな人のことを、皆敵だと思っていた。散歩の犬とすれ違いそうなときはなるべく違う道へ行くか、できるだけ道の端を通った。それまで上機嫌で歩いていた犬たちのほとんどは、その敵意を察するかのように、わたしとすれ違うときは牙をむき出しにして吠えた。

犬嫌いのまま中学一年生になった年の、夏のおわりだったと思う。土曜に部活を終えて帰宅すると、玄関に大きな段ボールが畳んで置かれていた。その段ボールには、「ペットサークル」という文字が書かれていた。とても、嫌な予感がした。いつも無口な父親がとてもわくわくしたような声色で「おかえりぃ」と言ったのがわかった。わたしは靴を脱がないまま「ねえ、なに？」と言った。ちゃっ、ちゃっ、ちゃっ、と床を引っ掻くような小さな音がして、目の前に現れたのは、白黒で鼻のぺちゃんこな、へにゃへにゃの子犬だった。（かわいくない！）と、すぐに思った。犬には見えなかった。しぼんだ牛、ちいさすぎるゴリラ、濡れていないカバの赤ちゃん。いくつか喩えを思い浮かべながら、父に向かって叫んだ。

「犬じゃん！」

両耳の垂れた目の前のくちゃくちゃの生き物は、わたしを見上げて掠れた小声で「ひん」と言った。だほだほの口元が揺れている。せめてキャンと鳴けよ、と思った。事前になんの相談も共有もなく、犬との暮らしはそうして突然に始まった。

片手で摑んで投げることが出来そうな小ささと、もっとがんばれと言いたくなるようなまったく怖くない鳴き声。（どうして犬を）という気持ちと、（でも、こいつになら勝てる）という気持ちが同じくらいあった。どうしてよりによって犬。嫌いだって知ってるくせに。犬なら犬でもっと犬らしい犬が……父に言いたいことはたくさんあったけれど、いざ相談されたら絶対に犬は嫌だと言っただろうとも思った。ボストンテリアという犬種で、メスとのことだった。「おっきくてムキムキになっちゃうんじゃないの」と母はふざけて怯えた。わたしと同じく犬が苦手な弟は「マジかよ」と最初だけ言ったが、あとは「ちっちぇー」と言いながらにこにこ子犬を撫でていた。

その日の家族の揃う夕食で名前を決めることになった。わたしは牛みたいだからホルスタインの「ホルス」、それか目が大きくて爛々としているから「ランラン」はどうかと言ってすぐに却下された。かと言って皆がほかの名前を提案してくるでもなく、じゃあ牛みたいだから「ミルク」、と言ったのが採用されてしまった。こんなかわいらしい名前になるなんて、愛犬家みたいで正直とてもいやだったけれど、結局呼びやすくするためにほとんど「ミル」と呼ばれていた。

そうしてミルクはすっかり工藤家の一員として、十四年半生きた。わたしはそれを母と看取った。わたしが二十九歳だから、人生の半分にミルクがいた、ということになる。一緒に暮らしていた犬との別れのことを話したら、うるうるされてしまうかもしれないけど、むかつくから泣かないでほしい。この話をしてだれかを泣かせたいわけじゃない。泣いていいのは、わたしたち家族だけだから。じゃあ、どうして書くんだろう。と自分でも思うのだけれど、たまたまこの本の名前に「ミルク」が入ると決まったとき、どうしてもいま、ミルクのことを書いておくべきであるような気がした。

ミルクはぐんぐん大きくなって、それなりにムキムキになった。垂れていた両耳はあっという間にぴんと立ち、だほだほの口元はだほだほのままで、顔の模様の白黒ははっきりとした。目の周りと鼻が黒く、口元とおでこはきっぱりと白。「KISS」のようだと思った。ミルクは大きくなっても「キャン」や「ワン」と鳴くことはなく、知らない人が来た時に「オン！」と太い声で言うくらいで、あとは父顔負けのいびきをぶうぶうかくばかりだった。散歩はほとんど父が連れて行った。わたしも数度散歩をさせようとしたことがあるのだけれど、玄関から出た瞬間に全速力で駆け出し、ぐんぐんとリードを引っ張っていくので全く言うことを聞かせることが出来ない。散歩が相当好きなのかと思いきや、家に向かおうとすると一秒でも早く帰りたそうにまた全速力で走るのだった。「おすわり」「おて」「まて」は、わたしが教えた。とても食い意地が張っているので、ジャーキー食べたさに何でもすぐに覚える。「ぐるん」「ばーん」「ひざまくら」も覚えたが、ジャーキーを持っていないときはまったく技をしなかった。

庭で取れた野菜を床に並べておくと、きゅうりでもトマトでも里芋でもかぼちゃでもなんでも咥えてハウスへ持って行くので気が抜けなかった。「どろぼう！」と追いかけると、ものすごい速さで逃げて、たいへんな悪党顔でむっちゃむっちゃとそれを食べた。わたしの部屋にあるぬいぐるみも噛み心地がよかったらしく、しょっちゅうプロレスのように奪い合いになった。

ミルクは人の顔を舐めるのが大好きな犬だったから、わたしがこたつで寝ているとチャンスと言わんばかりに顔にまたがってくまなく舐めた。べとべとになって困るから、一度こちらからべろんと鼻を舐め返したことがある。ミルクは（うそだろ）と硬直して、げんなりした顔でハウスへ行ってしまってこちらが妙に傷ついた。

ミルクと暮らすようになってから、わたしは犬嫌いではなくなった。不思議なもので、すれ違う散歩の犬たちも、わたしに向かって吠えることがなくなった。

芥川賞に関わる強風のような日々が終わり、膝を抱えて泣いているわたしの太ももに、ミルクは寄り添うように座ってくれた。慰めてくれているのかと本気で思ったけれど、背中が痒かったようで何度も腰をこすりつけていたのだった。おいおい、と言いながら揉んでやった。しばらく揉んだら満足したらしく、最後に大きくてとてもくさいおならをしたので「くさい！」と言って笑いながら、泣いた。あのとき揉んだミルクの腰の短い毛の、しゃわしゃわとした感覚がいまでもある。あれは、慰めてくれたんじゃなかったところが、何よりも慰めだったと思う。結婚して引っ越してからも、実家に帰るとまず「ミル！」と言った。ミルクはちゃかちゃか床を鳴らしながら、「ひん」と迎えてくれた。

自分の足で歩き、介護もほとんど必要なく、お見事な老衰だった。もしかすると、と母が言うのですぐに実家へ駆けつけると、ミルクはその日の夕方に息を引き取った。つつけば今にも起きるような、寝ているようなかわいい顔だった。わたしはこたつで泣き、母は台所で泣き、父は玄関で泣いた。わたしが見ていないだけで、さいごのさいごまで一緒に暮らしていた両親はたくさん泣いたと思う。火葬をすると、きっぱりと白く絵に描いたような骨になって、そこまでかっこよかった。

ミルクはとてもいい犬だった。ひょうきんで、まぬけで、食いしん坊だったけれど、時折すべてをわかったような表情をする、賢い犬だった。犬と暮らすのはとてもすばらしいことだと知ることが出来てよかった。

わたしは引き続き、まぬけな顔のボストンテリアのマグカップでコーヒーを飲みながら仕事をしている。

作家みたい

十七歳のわたしをいちばん支配していた感情は「悔しい」だと思う。毎日こころの底で何かに対して、悔しくていらいらしていた。常に四人でつるまなければ気が済まないらしいかわいい女子や、目立つことを完全に諦めて四六時中コボちゃんのような顔をしている男子や、県大会でベスト8に残っただけで新聞の写真付きの記事になる野球部や、廊下の壁に背中をつけながらけだるそうにホルンを持ってロングトーンをする吹奏楽部や、購買で福田パンのクッキー&バニラと午後の紅茶という甘すぎるセットを昼食にするやつや、死んでるかと思ったら生きている生物室前のウシガエルや、都内の私立高校に通いながら英会話と乗馬を習い事にしている会ったこともない一つ年下の子のブログや、どうがんばってもどうやら思うようなかわいさにはならない自分に、いらいらしていた。わたしより目立っているやつに腹が立ち、わたしより目立とうとしないやつにも腹が立った。そういうわたしに「高校文芸」という部活が寄り添った。

寄り添った、というよりもはや、常にぶつぶつ悪口ばかり言っていたわたしが、そういう妖怪に目をつけられた、という感じだったかもしれない。取り憑かれたように書くことがたのしくて仕方がなかった。漠然とした（見返してやりたい）という気持ちがわたしを書かせた。書いて作品にする。書けば作品になる。ものすごい興奮だった。書くこと自体がたのしくなってくると、次第に、自分の中の明るさに気が付いた。わたしは自分のことをずっと性格が悪く、暗く、僻みやすいと思っていたけれど、書こうと思ったときに出てくるのはむしろシンプルな、生活への喜びや会話のうれしさや見たもののうつくしさだった。自分がおもしろいと思ったものを共有したい、という素直な気持ちがそこにあるのだ。

全国高校文芸コンクールに応募して、最優秀賞をとりたい。次第にそれがわたしの高校生活のいちばんの夢になった。わたしの作品はいくつかのジャンルで賞を貰ったが、いつも一位にはなれなかった。「高校生らしい」「若者らしい瑞々しさ」と講評された。それを褒め言葉だと思ってしまったわたしは、どうすればもっと「高校生らしい」と言ってもらえるのかを考えた。次第にわたしは「高校生らしさ」「十七歳らしさ」に固執するようになった。俳句、短歌、随筆、詩、児童文学、小説。高校文芸としてチャレンジできるものにはすべて挑戦した。

それまでのわたしなら「青春ぶっちゃってさ」と鼻で笑いそうなことでも、「高校生らしさ」のための体験と思ってなんでもやるようになった。昼休みは外出禁止だったのに、こっそり抜け出して近くのスーパーでカップラーメンを買う。友人と十七歳の誕生日にシェーキーズの食べ放題でピザを十七切れ食べる。夏服最後の日に、クラスの女子皆に声を掛けて、アスファルトに寝転んでもらってそれを写真に撮る。青紅葉を食べる自撮りをする。体育教師にプールサイドの撮影をしたいとうそをついて鍵を借り、制服でプールに飛び込む。相変わらず他人を羨んだり憎んだりしてばかりだったけれど、きらきらしていないわたしには、そうやって青春らしいことを自らする必要があると信じていた。たのしいことをやろうとする、と繰り返す歌詞の SISTER JET の「17(SEVENTEEN)」という曲を延々と聞いた。そうして、だれかを憎みながらもさわやかにまっすぐ進む主人公のことを書けるようになりたかった。まずは自分がそうならないと、そういう主人公のことを書けないと思った。ひねくれた自分の個性をぶつけるつもりで書き始めたはずだったのに、砂浜に埋まっていた貝を洗うように、書けば書くほど自分はとても平凡で、幸せなのだった。

全国高校文芸コンクールでは、結局一度も最優秀賞になることはできなかった。「あとはもう、審査員の好みだから」と言われても、その好みにどうして自分が当てはまらないのか納得いかなかった。三年生の最後の表彰式。各部門の最優秀賞を獲った人だけが短いスピーチをすることが出来る。わたしはそのスピーチを睨みつけるように聞いた。「この賞は、顧問の先生や部活の仲間たち、そして家族の支えが……」（うるさい、うそつけ。全部自分の才能だって、言え。）「これからも自分から出て来る言葉を大切に……」（絶対にわたしが追いかけておまえを倒す。）頭の中がずっとうるさかった。悔しかった。こんなに悔しいことは、もう人生で二度と来ないでほしかった。中学生のときから参加していた俳句会のおじいちゃん先生は「どうしてわたしは一位を獲れないんでしょう」と言うわたしに「玲音ちゃんは一位になったら辞めちゃいそうだから、神様が書き続けてほしいって、いじわるしたんだろうね」と言ってくれた。辞めないのに。欲しかったのに。けれどもう、そう信じるしかなく、書くことはどうしようもなくたのしかった。

悔しさは卒業してからも就職してからもずっとわたしに付きまとった。最優秀賞を獲れなかった十七歳の自分はわたしのなかにしっかりと座り込む。どんな原稿を書くときも、十七歳の自分に「どうかな」と見せるような感覚があった。「え、ださ」と言われれば書き直し、「いいじゃん」と言われれば提出した。いちばん夢中で、いちばん必死で、いちばん書くことが大好きだったのは十七歳のときのわたしだと頑なに信じていた。書きながら不安になって思い返すたびに、もっと不器用で荒かったはずの彼女を、とても才能があってまっすぐな人間だったと思うようになった。本を出すようになってからも、自分のこころの真ん中には制服を着たわたしがむすっとした顔で座り続けている感覚があった。どんなものを書いても、十七歳の時の自分を救いたいと祈りながら書いている。どうすれば救われるのかちっともわからないけれど、とにかく自分が気に入るものを書き続けるしかなかった。

十二月に全国高校文芸コンクールの表彰式で一時間の講演をしてほしい、というメールが来た。わたしがあれだけ睨んでいたスピーチの場で、一時間。わたしなんかではとても、と思ったけれど「高校文芸出身のくどうさんだからこそ話せることもあると思う」と言われて引き受けた。一時間、まさにいま書いている高校生たちに伝えたいことは何だろう。もう高校生とは十歳以上年齢も違うし、わたしの当時とは作品や審査の傾向も違うだろうし、わたしが高校の時に抱えていた悩みを、いまの学生たちが抱えているとは限らない。当時の顧問に相談をすると「とにかく玲音が当時の自分に言いたいことを言えばいいいんだよ」と言われて、それならばたくさんあった。講演原稿を一気に書いた。久々に、一心不乱という書き方だった。言いたいことが溢れて止まらない。わたしはずっと、わたしのことを救いたかったのだ。

当日、緊張で何度も歯を磨いてから、代々木の国立オリンピック記念青少年総合センターへ向かった。かつて「どうしてわたしは一位になれないんですか」と聞いて困らせた顧問に講演するところを見せたくて、ついてきてもらった。建物を見ると、十年以上前の表彰式のことが鮮明に思い出されてぞくっとする。きっと泣くんだろうと思った。開会前、ずっと憧れてきた壇上に立ったら、わたしが目の前に座っているような気がして泣き崩れそうだった。想像しただけで視界が涙でぐらついた。あっという間に出番が来て、わたしは壇上へ向かって歩いていった。

会場を見渡して、深呼吸をする。……おかしい。思ったよりも、懐かしい、とか、ついに、と込み上げてくる気持ちがないのだ。緊張しているだけかもしれない、と思い、淡々と講演を進めた。メモを取る人、前のめりになってうなずく人、すっかり眠っている人、笑ってほしいところで口角をぎゅっと上げてくれる人、鋭くずっと睨みつけてくる人。高校生にもいろいろいた。そして、わたしが思っている以上に、高校生はとても子どもに見えた。

声色も、目線も、原稿の進み具合もたぶんばっちりだった。そろそろ最後の締めに入ろうというところまで、わたしはとてもゆったりと、しかしこころを込めて話した。会場をまんべんなく見渡して高校生たちと目を合わせながら、（おかしい）と思っていた。いない。座っているはずの、高校生の時のわたしがいなかった。高校生の時の自分と目が合って、わたしはわたしを救うはずだった。あの頃のわたしと再会できるつもりでいたのに、居なかったのだ。目つき悪く睨んでくる人はいる、けれど、それはわたしと似ていても、わたしではなかった。

そうか。もしかしたらいつの間にか、十七歳のわたしはわたしの中からいなくなっていたのかもしれない。わたしはもう、彼女の機嫌を伺わなくても書けるようになったのかもしれない。それはさみしいことだけれど、来るべき別れのようにも思う。彼女はわたしの気付かないうちに救われて、もういないのだ。わたしは既に、自分が思うよりずっと身軽に書いている。書くことの楽しさだけで、書くことが出来ている。そうしていま、講師として高校生の前で話している。それって。

「……作家みたい」

と、言っていた。会場がきょとんとしているのがわかって、こころの声がそのまま出たことに気が付いて焦った。来賓席に座っている顧問だけが、くすりと笑ってくれているのが見えた。作家みたい。作家なんだ。がんばらないと。わたしは大きく息を吸って、講演原稿の続きを読んだ。

深く蔵す

すべての作品の筆名を「くどうれいん」のひらがな表記に統一することにした。いままでは、小説やエッセイなど散文のときは「くどうれいん」、俳句や短歌は「工藤玲音」と名義を変えていたのだが、俳句や短歌のときも「くどうれいん」という表記にする、という決断である。正直なところ、俳句は数年間ほとんど書いておらず、短歌はたまに寄稿の依頼があるけれど、それでもエッセイや小説の執筆と公開の量に比べるとぐんと少ない。だから、きっと世の中の人はわたしの名前を「くどうれいん」として認識している人がほとんどで、統一して「くどうれいん」になります、と言われたところで、ピンとこない人も多いと思う。それでも、わたしにとってこの決断をするには時間が必要で、最終的に、ぼろぼろ泣きながら決めた。

わたしは中学生のときに俳句をはじめた。高校に入ると文芸部として短歌、エッセイ、小説、自由詩、戯曲に挑戦するようになった。作品を作る最終目標は「全国高校文芸コンクール」であり、それは学校から応募するものなので、当然本名の「工藤玲音」としての応募であった。わたしはそこで賞をいくつか貰い、大学に進学してからも、それと同一人物が引き続きがんばっているとわかってもらいたかったから、筆名を改めることなく作品を書き続けた。皆がこぞってフルネームでFacebookに登録しだした学生時代である。本名を使い続けることへの不安は正直まったくなかった。困ったのは、はじめて自分が作品を冊子にするようになった時だった。『わたしを空腹にしないほうがいい』という俳句とエッセイの本を出すにあたって、わたしは何ひとつ迷うことなく「工藤玲音」名義でそれを印刷した。すると、「くどうれいん」と読むこの名前を、誰一人として正確に読むことができなかったのだ。当たり前である。玲音と書いてれいん。初手でそんなトリッキーな読み方だれができるだろう。当然、「れお」「れのん」とよく言われた。読み進めるまで男性だと思っていた、と言う人も少なからずいた。わたしはこの本名で暮らしながら、名前を間違えられることなど日常茶飯事であったから大したことはない、と思っていたのだが、対面で間違えられれば「すみません、へんな名前なんですけど、これで『れいん』なんです」とも言えるところが、本からにょきっと顔を出して「あの、すみません」と訂正するわけにはいかない。わたしは間違えられることには耐性があるけれど、その都度正しい読み方を伝えていた。ずっと読み方を間違えられたままかもしれない、ということが、思った以上にストレスだった。それで、追加で刷るとなったタイミングから、ええい、と、名前をすべてひらがなにして出した。そうしたら、その名義のまま思ったより広く届くようになり、『わたしを空腹にしないほうがいい』を読んだ編集者から「くどうれいん」宛てに執筆の依頼が届き始めたのだ。(名前、間違えられたくないしな)という軽い気持ちで、ひらがな名義で引き受け続けているうちに仕事は増えた。その間も、俳句や短歌を作る機会があれば淡々と「工藤玲音」で発表していた。

わたしは「工藤玲音」として十五年間、ものを書いてきた。だから名前をひらがなに統一するということはまだ五年しか経っていない「くどうれいん」に飲み込まれるようで、それはとても抵抗のあることだった。けれど「くどうれいん」の読者がすっかり「工藤玲音」の読者を上回ってしまったいま、俳句や短歌の仕事でも「くどうれいん」と表記したほうがたくさんの方に手に取ってもらえるし、事務が煩雑にならずに済むこともわかっていた。こんなに名義の使い分けにこだわっているのはわたしだけだろうとわかっていても、「工藤玲音」と別れがたかった。この名には十代の頃のどうしようもない熱意や書く仕事をするなんて思ってもみなかったころの爆発的な自由があるような気がして、その名前を手放すことで、できなくなる表情があるような気がした。そして、結婚して苗字の変わったいま、旧姓の漢字フルネームのわたしの存在を示すための場が、その統一によって消えてしまうような気もして悔しかった。統一したほうが絶対にいい、という事実と、そうかもしれないけど嫌、という気持ちの拮抗は続いたが、二〇二四年に入って短歌の連載がはじまるとなり、「どっちの表記でいきますか」と訊ねられついに結論を出すことにした。この先一年以上名義を変えるわけにはいかず、どっちの表記で、と言われるともう、ひらがなで、とこころは決まっていた。発表する作品はできるだけ「くどうれいん」で発表したい。そう思うのなら、今後俳句や短歌をするときも、その名前に統一したほうが絶対にわかりやすい。もう、一択だった。

わたしはこれまでの人生で得た恩人のうち五人に「筆名の表記についてご相談させてください」と連絡して、二日かけて全員と電話をした。恩人たちに背中を押してもらおうと思ったのだ。真っ先に電話をしてくれた歌人のYさんは「執筆の最大の敵は事務、事務の手間がないのであればそれがいちばんいいような気がする」とやわらかな声で言った。具体的な業務への支障のことが何よりも先に来ることに驚いたけれど、たくさん書く仕事をしている人だからこその金言だと思った。「短歌と文章を書くような仕事も、統一したほうが引き受けやすいかもしれない」と言われ、その通り過ぎて項垂れた。次に、あ、そういえば恩人よりも先に生みの親か、と母に電話をした。「そっかあ、一緒にしたほうが絶対わかりやすくていいよー」とあっさり言われて拍子抜けした。次に電話をした歌人のOさんは「小説を漢字表記にして、短歌をひらがな表記にしたいって言われるのかと思った」とのほほんと笑うので「なんでそんなややこしいことを」と笑い返しながら、いや、でもいま十分にそういうややこしい状態なんだよな、やはり統一しなきゃなあと思った。「自分の名前のことなんだから、自分で決めていいんですよ」とOさんは言った。

俳人のMさんに電話するのはすこし勇気が要った。十三歳のころからわたしのことを知っていて、わたしにとってずっと長い間あこがれの人だからだ。名前は貫いたほうがいい、と言われそうな気がして相談するかどうか悩んだが、Mさんは一通りわたしがくだを巻くのを聞いてから「やーん、なんか、いいねえ。さみしいんでしょう。玲音ちゃんってほーんと、ピュアだねえ」と笑った。「決別とは違うんじゃない。わたしみたいに漢字の玲音ちゃんを覚えている人がたくさんいるんだから。それにさあ、結婚もだけど、はずみだから、みーんな。球をポンっとやってあっちに戻れない、みたいな。人生ははずみだよ。いまはずむときなんじゃない。決断って選ぶことじゃなくて、選んでそれでよかったって思えるようにしていくことだって言うし」とゆっくり話してくれた。わたしは進学や引越しや就職や結婚のそのすべてのことを思い返しながら、Mさんがずっとこころの近くにいたことを思い出し号泣した。「やたらと人に食って掛かりそうな『工藤玲音』が『くどうれいん』になって得る風があるのかもよ」と、Mさんは電話を切る前に言った。わたしはこの電話で、統一しようとこころに決めた。漢字表記のこころを忘れたくない、というさみしさもあったけれど、どこかで自分の俳句や短歌をより多くに広がる可能性のある「くどうれいん」という名で発表する勇気がなかったのかもしれない、とも思った。

こころは決まったが、その高揚のまま高校時代の文芸部の顧問に電話をかけた。統一する、と伝えると、「そもそもさあ、漢字フルネームって危ないじゃない。玲音に危険が及ばないことがいちばんだってわたしはずっと思っているから、ひらがなのほうが安全だと思う、物騒だよお、世の中って」と、彼女は言った。た、たしかに。学生時代に戻ってプライバシーの大切さを説かれているような気分がしてちょっと小さくなったが、遡れば本名で書くきっかけは学生時代のコンクール応募のせいである。「玲音は次に進むんだね」と言われた。「進むんだと思います」と答えた。

盛岡で共に歌会をしている歌人のFさんにも連絡をした。彼女には前々から名前の表記について相談していて「名前がふたつあることで守れるこころもあるんじゃないかなあ」と、変えないことを支持してくれていたが、変えることに決めました、と言うと静かにほほ笑んだ。盛岡でずっと見守ってくれていた人が変えないことを支持してくれていたという事実もまた、とてもわたしの救いになった。

最後に電話をした歌人のNさんには、総論のように決意を伝えることになった。「折角今だれもやってない立ち位置なら看板がひとつのほうがわかりやすいかもね」とやさしく言ってくれた後で、「それに、きっともっと自由になると思う！」と元気に言ってくれた。わたしは、じゆう、と繰り返した。「玲音ちゃんはもっとこだわりから羽ばたいていいし、読まれる自分を自由にしていいと思うよ」と言われて驚いた。そうか、わたしは名前を統一することで狭くなると思っていたけれど、これはむしろ自由に広がる決断かもしれない。「いろんなものが満ちてるよ。お祝いだね」。電話を切った後、椅子に深く腰掛けて、ひと粒だけ泣いた。そうか、わたしはこれを別れだと思っていたけれど、お祝いなのだ。「工藤玲音」を使わなくなったって、その存在が無くなるわけではない。無くなってしまうかどうかは、常にわたし次第だ。

各所のプロフィールから「(俳句短歌は工藤玲音名義)」という表記を外してもらう準備をして、きりっとした気持ちでいたところにMさんからＬＩＮＥが来た。

龍の玉深く蔵すといふことを

昨日、話したあと、ふと、虚子のこの句が浮かんできました。『玲音』という名を深く蔵して、風のように自在に！

三度読み返して、大きく息を吸った。深く蔵す。わたしは戦う名前として「くどうれいん」を使い、愛する人たちに呼ばれるときは「玲音」と呼ばれよう。わたしの芯にしかない名前があるというのも、かっこいいことかもしれない。

あとがき

黙る代わりに、書く。かたちに残すってことがいったいどういうことなのか、考えていたらほうれん草を茹ですぎた。

二〇二四年二月

くどうれいいん

初出
「群像」連載「日日是目分量」二〇二一年七月号～二〇二四年四月号を改題。
「ミルク」「深く蔵す」は書き下ろし。

くどうれいん

作家。一九九四年生まれ。岩手県盛岡市出身・在住。著書にエッセイ集『わたしを空腹にしないほうがいい』『うたうおばけ』『虎のたましい人魚の涙』『桃を煮るひと』、歌集『水中で口笛』、小説『氷柱の声』、創作童話『プンスカジャム』、絵本『あんまりすてきだったから』などがある。

装幀　名久井直子
装画　KASUMI OOMINE

コーヒーにミルクを入《い》れるような愛《あい》

二〇二四年四月　九　日　第一刷発行
二〇二四年九月二〇日　第五刷発行

著者――くどうれいん

発行者――篠木和久
発行所――株式会社講談社
東京都文京区音羽二―一二―二一
郵便番号　一一二―八〇〇一
電話　出版　〇三―五三九五―三五〇四
販売　〇三―五三九五―五八一七
業務　〇三―五三九五―三六一五

印刷所――TOPPAN株式会社

製本所――株式会社国宝社

ISBN978-4-06-535194-9

KODANSHA